Südtiroler Sagen

für Kinder erzählt

Marianne Ilmer Ebnicher

Südtiroler Sagen
für Kinder erzählt

Mit Bildern von Brigitte Seiwald

SPECTRUM

Inhaltsübersicht

2011 · Fünfte Auflage

Layout: Erwin Kohl
Gesamtherstellung: Athesiadruck, Bozen

ISBN 978-88-6011-144-9

www.athesiabuch.it
spectrum@athesia.it

Zu diesem Buch

Geschichten erzählten wir Menschen uns schon vor Jahrtausenden. Damit reichten wir Gerüchte weiter, suchten Erklärungen für Unbegreifliches, erfanden, übertrieben, vermischten in den Erzählungen uralte Bräuche mit neuen Lebenseinstellungen und Glaubensrichtungen.

Schon vor mehr als hundert Jahren wurden im Alpenraum viele dieser Geschichten gesammelt und aufgeschrieben. Wir bezeichnen sie heute als Sagen. Sie sind Verwandte der Märchen. In ihnen spiegelt sich das wider, was die Menschen in früheren Jahrhunderten bewegte: Angst, Hoffnung, Sehnsucht und Mut, aber auch Neid, Bosheit und Streben nach Macht.

In diesem Buch habe ich aus den überlieferten Sagen größere Geschichten geformt. Wieder einmal wurde erzählt, weitergereicht und ein bisschen sogar dazuerfunden.

Es war mir wichtig, Figuren wie Nörggelen, Zwerge, Hexen und Zauberer in den Mittelpunkt zu rücken. Es sind aber auch Personen darunter, die wirklich gelebt haben. Vom *Zauberer Oberleitner*, dem *Pfeifer-Huisele* und dem *Lauterfresser* habe ich das wiedergegeben, was die Sage ihnen *nachsagt*. Bei der *Pachler-Zottl* hingegen habe ich versucht, das wirkliche Leben dieser Frau darzustellen.

Beim Vergleichen der Bilder und Texte werden sich die Leser und Leserinnen möglicherweise dieselben Fragen stellen, die mir beim Schreiben begegnet sind:

- Träume ich nicht auch – wie schon unsere Vorfahren – von einem Schatz oder von Tapferkeit und besonderer Stärke?
- Wünsche ich mir nicht auch manchmal, ein freundliches Wesen wie das Nörggele von Afing zum Freund zu haben?
- Sorge ich mich nicht deshalb vor so manchen Bekannten, weil sie hinterlistig wie der Zwergenkönig Laurin oder übermächtig wie der Riese Ortler sind?
- Fürchte ich mich nicht auch vor Gewittern, Blitzschlag, Unbekanntem?
- Wie groß musste vor Jahren die Angst der Mädchen gewesen sein, unverheiratet zu bleiben, wenn ihnen ständig vorgegaukelt wurde, dass ledige Frauen nach dem Tod durch das Sterzinger Moos geistern müssten?
- Um die Überreste alter Kulturen im Alpenraum zum Verschwinden zu bringen, wurde den Bewohnern der heidnischen Siedlungen das Übelste nachgesagt. Sie wurden verachtet, angefeindet und verfolgt. Heute vermutet man, dass es vor Jahrhunderten auf dem Tartscher Bühel im Vinschgau eine solche Siedlung gegeben haben könnte. Hätte ich damals dort leben wollen?
- Vor nicht allzu langer Zeit waren die Menschen, die sich mit Kräutern und Naturheilkräften auskannten oder anders dachten als ihre Mitbürger, als Hexen und Zauberer verschrien. Sie wurden abgelehnt und gezielt vernichtet. Wie wäre es mir zu dieser Zeit ergangen? Hätte ich zu den Opfern gehört? Oder gar zu den Tätern und Täterinnen?

Fragen über Fragen. – Die Antworten dazu fallen denen, die dieses Buch aufmerksam lesen, sicherlich nicht schwer. Vielleicht werden auch sie die Sagen bald mit anderen Augen sehen. Mit Augen, die auf einmal weit in die Vergangenheit hineinschauen können.

Marianne Ilmer Ebnicher

König Laurin und sein Rosengarten

Es war vor uralter Zeit, da gab es hoch oben in den Bergen der Dolomiten einen Garten. Darin blühten lauter rote Rosen; so viele, dass die Felstürme und Steinwände in einem rötlichen Licht schimmerten und aussahen wie verzaubert.

Dieser Rosengarten gehörte Laurin, dem Zwergenkönig. Er lebte mit seinem Volk in einem Kristallpalast im Inneren eines Berges. Die Zwerge suchten nach Erzen und Edelsteinen und trugen sie im Palast zusammen. Die Schätze funkelten in allen Farben.

Das gefiel König Laurin sehr, trotzdem blieb seine größte Freude der Rosengarten. Wenn er einsam war, ging er darin spazieren. Und wenn er traurig war, roch er an den Blüten und bestaunte das Farbenspiel der Berge. Es schenkte ihm immer wieder Trost und Zuversicht.

Nun war der Zwergenkönig aber oft einsam, denn er wünschte sich nichts sehnlicher als eine Braut. Dafür hätte er glatt die Hälfte seiner Schätze hergegeben. Leider war unter seinem Volk nicht ein einziges Mädchen, das ihm gefallen wollte.

In seiner Trauer befahl er den Zwergen, den Garten mit einem Seidenfaden zu umspannen. Sie mussten auch die Rosen viel mehr umsorgen als sonst. Niemand durfte diesen Faden durchbrechen. Niemand durfte auch nur eine einzige Knospe pflücken. Wer es dennoch wagte, verlor durch Laurins Schwert die linke Hand und den rechten Fuß. So hart war seine Strafe.

Eines Tages traten zwei Zwerge vor Laurin. »Die Tochter des Königs an der Etsch ist so schön wie der Mond und die Sterne«, erzählte der eine. »Sie heißt Similde und ist wie eine Blüte aus dem Rosengarten«, schwärmte der andere.

Die beiden berichteten weiter, dass der König an der Etsch bald ein großes Fest geben wolle. Dabei sollten Simildes Freier im Wettkampf gegeneinander antreten. Die Prinzessin wolle dann den Sieger zum Mann nehmen.

Nun wartete Laurin Tag um Tag, aber der Bote mit der Einladung für das Fest kam nicht. War Laurin dem König an der Etsch als Freier nicht gut genug? Wurde er deswegen nicht eingeladen, weil er nur ein Zwerg war?

Laurin stampfte mit dem Fuß auf. Er schnallte seinen Zaubergürtel um, der ihm die Kraft von zwölf Männern verlieh und stülpte sich die Tarnkappe über, die ihn unsichtbar machte. Damit schwang er sich auf sein Schimmelpferdchen. Er verließ den Palast noch vor Sonnenaufgang.

Vor dem Schloss des Königs an der Etsch standen Zelte. Auf einem großen Platz hatten sich Fürsten, Edelleute, Pferdeknechte und Dienstmägde eingefunden. Die Wettkämpfe hatten bereits begonnen: Rüstungen knarrten, Lanzen zerbrachen, Schwerter klirrten. Die Pferde wieherten und scharrten mit den Hufen. Ein Ritter nach dem anderen landete im Staub.

Auch König Laurin verfolgte gespannt die Wettkämpfe. Die Tarnkappe schützte ihn davor, von jemandem gesehen zu werden.

Als Laurin die Prinzessin unter den Zuschauern entdeckte, ging ein Ziehen durch seine Brust. Wie recht die beiden Zwerge doch gehabt hatten, Similde war wirklich so schön wie der Mond und die Sterne. Sie war sogar noch schöner als alle Blüten des Rosengartens zusammen.

König Laurin musste die Prinzessin für sich haben.

Am siebten Tag erreichten die Wettkämpfe ihren Höhepunkt. Ritter Hartwig mit der Lilie auf dem Schild und Ritter Wittich mit der Schlange als Wappenzeichen mussten als Letzte gegeneinander antreten. Die Zuschauer feuerten sie an.

Plötzlich ging ein Raunen durch die Menge. Knechte zwängten sich durch die Reihen der Zuschauer, Kammerfrauen zuckten hilflos mit den Schultern. Der König an der Etsch wurde blass vor Schreck, die Diener mussten ihn stützen. Prinzessin Similde war entführt worden! Wer konnte nur so etwas Übles getan haben? Einer der Freier, der den Wettkampf verloren hatte? Aber wie war es ihm möglich gewesen, mit Similde unbemerkt durch die Zuschauer zu gelangen? Besaß er Zauberkräfte?

Ritter Hartwig mit der Lilie auf dem Schild und Ritter Wittich mit der Schlange als Wahrzeichen traten vor den König an der Etsch. Sie versprachen ihm, nach seiner Tochter zu suchen. Dafür baten sie den Fürsten Dietrich von Bern und seine Knappen um Hilfe. Er war wegen seiner Kraft und Größe weitum bekannt. Hartwig und Wittich konnten ihn deshalb für ihr Vorhaben nur zu gut gebrauchen. Inzwischen stand nämlich fest, dass für den Raub der Prinzessin nur einer in Frage kam: Laurin, der Zwergenkönig aus den Bergen. Der mit der Tarnkappe und dem Zaubergürtel!

Noch am selben Tag machten sich die Männer auf, um Similde zurückzuholen. Auf dem Weg in die Berge überwanden sie gefährliche Schluchten und endlose Geröllhalden. Das Leuchten des Rosengartens wies ihnen dabei den Weg.

Der Fürst und die beiden Ritter hatten mit den Knappen vereinbart, mit König Laurin zu verhandeln. Aber als sie den Rosengarten erreichten, konnte Wittich auf einmal nur mehr an Similde denken. Mit einem Kampfschrei durchbrach er den Seidenfaden, schon sprengte sein Pferd durch das Meer von Rosensträuchern.

König Laurin erwartete ihn bereits vor dem Palasttor. Die Krone auf seinem Kopf zitterte. »Du wagst es, meine Rosen zu zertrampeln? Hast du keine Ehrfurcht vor mir, oder kennst du die Strafe nicht?«

Wittich lachte auf. »Du willst mich strafen, dass ich nicht lache! Komm her, du Winzling, dich schleudere ich doch mit einer Hand an die Felsen!« Er hatte den Satz nicht zu Ende gesprochen, da flog er wie ein Spielzeug aus dem Sattel. Schon war König Laurin über ihm, sein Schwert blinkte gefährlich in der Sonne.

In letzter Sekunde sprang Fürst Dietrich von Bern dazwischen. Er war mit den anderen Männern Wittich gefolgt und stand jetzt wie ein Berg vor Laurin. Aber wo war der Zwergenkönig auf einmal? Wieso war nur noch seine Stimme da?

»Gib Acht, er hat die Tarnkappe aufgesetzt!«, warnte Hartwig, der inzwischen auch zur Stelle war.

»Die Rosensträucher bewegen sich, er ist hinter dir!«, schrie Wittich. »Schnell, reiß ihm den Gürtel ab!«

Der Fürst riss seinen massigen Oberkörper herum. Jetzt sah auch er, wie neben ihm ein Rosenstrauch nach unten gedrückt wurde. Ein leises Rascheln war zu hören.

Eine Sekunde später schnellte Dietrich von Bern nach vorne und packte den Zwergenkönig am Hals. Die Tarnkappe segelte in hohem Bogen durch die Luft, der Zaubergürtel fiel auch zu Boden. Gleichzeitig zielten mehrere Schwertspitzen auf Laurins Brust.

»Ihr tapferen Ritter, lasst König Laurin am Leben«, rief plötzlich eine Stimme. »Er hat mich immer gut behandelt und mich geehrt wie eine Königin!« Es war Prinzessin Similde. Sie hatte den Lärm gehört und war vor das Palasttor geeilt. Ihre Dienerinnen, drei Zwergenmädchen, rangen die Hände. Sie jammerten »Och« und »Ach« und flehten für ihren König um Gnade.

Als Fürst Dietrich von Bern das hörte, ließ er sein Schwert sinken. Auch die anderen Männer steckten die Waffen weg. Sie berieten sich eine Weile, dann reichten sie König Laurin die Hand und folgten ihm in den Kristallpalast. Die vielen Schätze ließen ihre Augen überquellen.

Die Männer wurden von den Zwergen in einer großen Halle bewirtet. Sie tranken mit ihnen sogar auf den Frieden. Warum auch nicht? König Laurin war besiegt, er durfte Prinzessin Similde nicht länger gefangen halten. So verlangte es das Gesetz der Ritter.

Aber bedeutete dieses Gesetz dem Zwergenkönig überhaupt noch etwas? Seine Rosen waren gebrochen, und Prinzessin Similde wollte fortgehen. Was würde da noch übrig bleiben? Die Trauer? Die Einsamkeit?

König Laurin leerte seinen Becher mit einem Zug. In seine Augen trat ein hässliches Leuchten. Er tuschelte heimlich mit seinen Zwergen.

Als der Fürst, die Ritter und die Knappen vom vielen Wein müde geworden waren, hallte ein Befehl durch den Kristallpalast: »Ergreift sie! Nehmt die Eindringlinge gefangen!«

Hunderte von Zwergen sprangen hinter den Säulen der Halle hervor. Mit wüstem Geschrei stürzten sie sich auf die Männer. Ihre Dolche stachen, ihre Bergwerkspickel hackten, Steine hagelten auf die Köpfe der Feinde nieder. Nicht einmal Fürst Dietrich von Bern schaffte es, nach seinem Schwert zu greifen. Im Nu waren er und seine Begleiter gefesselt. Sie landeten in einem Verlies.

Dort gab es keine Kristalle und Edelsteine. Es war überall feucht, die Kälte kroch den Männern unters Wams. Aus der Ferne hörten sie Similde's Weinen.

Langsam stieg den Gefangenen die Wut zu Kopf; sie vergaßen die Stichwunden und Prellungen. Dieser Schurke von einem Zwergenkönig! Ihm sollte das Lachen schon noch vergehen!

Fürst Dietrich von Bern, Ritter Wittich, Ritter Hartwig und die Knappen warfen sich mit aller Kraft gegen die Eisentür. Einmal, zweimal, dreimal. Beim fünften Anlauf flog sie aus den Angeln, dass es nur so krachte. Laurins Wachen stoben auseinander. Sie wollten ihren König warnen, aber die Männer erwischten sie an den Hemdzipfeln und Hosenbeinen und sperrten sie in das nächste Verlies.

Um zu Similde zu gelangen, mussten die Männer die große Halle durchqueren. Die Zwerge waren auf den Stühlen eingeschlafen. Die kleinen Kerle schnarchten, dass die Bärte flatterten. König Laurin hatte die Hände auf dem Bauch gefaltet. Aber als die Männer an ihm vorbeischleichen wollten, riss er die Augen auf. »Zu den Waffen! Zu den Waffen!«

Im Kristallpalast entstand ein wildes Durcheinander, Schreie zerrissen die Nacht. Aber der Widerstand, den die Zwerge leisteten, nützte wenig. Ohne die Kraft des Zaubergürtels und der Tarnkappe kamen sie gegen die Männer nicht an. König Laurin wurde vor ihren Augen in Ketten gelegt und musste sein Felsenreich als Gefangener verlassen.

Über seine Wangen rollten Tränen, als er mit Similde und den Männern durch den Rosengarten fortritt. Voller Wehmut schaute er auf die gebrochenen Knospen. »Diese roten Blüten haben mich verraten«, klagte er. »Hätte ihr Leuchten den Rittern nicht den Weg gezeigt, so wären sie nie hierher gekommen!« In seiner Verzweiflung verfluchte Laurin den Garten und sprach einen Zauber über ihn aus. Die Rosen sollten niemanden mehr erfreuen. Sie sollten nie mehr leuchten, nicht bei Tag und nicht bei Nacht.

Auf diese Weise verlor König Laurin alles, was ihm lieb war: seine Rosen, sein Volk, seine Berge, seine Schätze – und Prinzessin Similde. Sie kehrte nach Hause zurück, wo sie sich mit Hartwig, dem Ritter mit der Lilie im Schild, vermählte.

König Laurin aber wurde auf den Hof des Fürsten Dietrich von Bern geschafft. Dort musste er sein Leben als Gefangener verbringen. Er sehnte sich Tag und Nacht nach seinen Bergen, und bald reute es ihn bis in die Seele hinein, dass er die Rosen verwünscht hatte.

Eines Tages aber hörte er vor seinem Verlies zwei Wächter miteinander reden. »Stell dir vor«, sagte der eine, »gestern ist ein Reisender vorbeigekommen und hat doch behauptet, dass das Farbenspiel des Rosengartens nicht erloschen sei.«

Der andere meinte: »Das habe ich auch gehört. Die Rosen sollen in der Dämmerung immer noch leuchten.«

Über König Laurins Gesicht flog ein Lachen. Natürlich, die Dämmerung! Wieso war ihm das nicht früher eingefallen?

Sein Fluch hatte geheißen, die Rosen sollten nie mehr leuchten, nicht bei Tag und nicht bei Nacht. Die Dämmerung aber hatte er vergessen.

So kommt es, dass der Rosengarten auch heute noch leuchtet. In der Dämmerung schimmern die Felstürme und Steinwände der Dolomiten in einem rötlichen Licht und sehen aus wie verzaubert.

Der Lauterfresser

Die Sonnenstrahlen kitzelten ihn in der Nase. Er gähnte lange, reckte sich ein paar Mal, aber Lust zum Aufstehen hatte er trotzdem noch keine.

Der Lauterfresser lag auf einer Wiese in der Nähe von Sankt Andrä bei Brixen. Um ihn herum blühten Blumen, eine Hummel schwirrte an seinem Ohr vorbei. Sie erinnerte ihn daran, dass es Zeit fürs Frühstück war.

Mit umständlichen Bewegungen malte der Lauterfresser Zeichen in die Luft: ein rundes, ein eckiges und ein überkreuztes. Daraufhin war er verschwunden. Über seinem Lagerplatz kreiste eine dicke Fliege und surrte in Richtung Sankt Andrä davon. Dort schlüpfte sie durch ein offenes Fenster in die Milchkammer des Gasserhofes.

»Weg da!«, schimpfte die Bäuerin. »In der Buttermilch hast du nichts zu suchen.« Sie fischte mit dem Finger die Fliege aus dem Kübel und schleuderte das lästige Ding zu Boden. Da gab es in der Milchkammer einen lauten Knall, und der Lauterfresser stand vor der Bäuerin.

Er fluchte: »Pech und Schwefel, da muss ich etwas falsch gemacht haben!« Als er durch den Hausgang davonstürmte, zog er ein Bein nach. Bei dem Wurf aus dem Butterkübel hatte er sich den Knöchel verstaucht.

Aber diese Verletzung machte dem Lauterfresser nichts aus. Wozu war er in seinem Fach ein Meister? Er konnte Zaubersprüche heruntersagen wie der Pfarrer in der Kirche die Litanei. Der Fuß war im Handumdrehen wieder gesund.

Ein paar Häuser weiter kehrte der Lauterfresser bei einer Bekannten ein.

»Das trifft sich gut«, freute sie sich. »Meine Hühner sind zu faul zum Eierlegen. Du wirst mir in dieser Sache doch helfen, wenn ich dir etwas Lauteres koche, oder?«

Der Zauberer schmunzelte: »Für etwas Lauteres bin ich immer zu haben, das weißt du doch. Kauen ist mir zu anstrengend. Ein Milchmus wäre gerade richtig für mich.«

Während die Bäuerin in der Küche das gewünschte Essen zubereitete, machte sich der Lauterfresser im Hof an die Arbeit. Er schloss die Tür zum Hühnerstall auf und brabbelte einen Spruch vor sich hin. Kaum war das geschehen, da flatterten mindestens zehn Hennen über den Hof. Der Zauberer hatte sie von Tschötsch herübergehext.

Im Hühnerstall gab es ein Gegacker, so dass die Bäuerin in den Hof gelaufen kam. Als sie mit einem Korb die Eier aufnahm, wurden ihre Augen rund wie Wagenräder. So viele auf einem Haufen hatte sie noch nie gesehen.

Aber der Lauterfresser konnte nicht nur Hühner herbeihexen, er beherrschte auch noch ganz andere Kunststücke. Wenn ihn die Kinder darum baten, ließ er es für sie im Hochsommer schneien, als wäre es Weihnachten.

Einmal wollte ihm der Müller von Sankt Vigil kein Essen geben, also zauberte er ihm kurzerhand Ratten und Mäuse in die Mühle. Einem Bauern war das Pferd eingegangen, aber weil er den Lauterfresser gut bewirtet hatte, hexte der ihm ein neues in den Stall. Einem Holzhändler, den der Lauterfresser nicht mochte, warf er alle

Fuhrwerke um. Und in Vintl beschwor er mit seiner Wettermacherei einen Dorfstreit herauf. Durch eine List ließ er sich vom Vintler Bürgermeister für dieses Schelmstück auch noch gut bezahlen.

Mit der Zeit aber wurden die Gerichtsdiener auf das Treiben des Lauterfressers aufmerksam. Sie lauerten dem Zauberer immer wieder auf, aber weil er sich unsichtbar machen konnte, solange er mit der Erde in Berührung war, entkam er ihnen jedes Mal.

Der Lauterfresser wähnte sich in Sicherheit und wurde bei seinen Streichen unvorsichtig. In Rodeneck stahl er bei hellichtem Tag Nüsse und klaubte sie in einen Sack. Er aß die Nüsse in einer Höhle auf, danach legte er sich zum Schlafen hin.

Der Zauberer schnarchte laut, als er plötzlich von ein paar Männern an den Armen und Beinen gepackt und aus der Höhle getragen wurde. Er landete unsanft in einem großen Kupferkessel, der Deckel fiel mit Getöse über ihm zu. Jemand musste den Lauterfresser beim Nüssestehlen beobachtet und die Gerichtsdiener verständigt haben.

»Aha. Ganz so dumm, wie ich gedacht habe, sind die ja nicht«, meinte der Zauberer, während er sich in aller Ruhe die Augen rieb. »Nun sind sie mir doch glatt draufgekommen, wie ich mich unsichtbar machen kann. Was die sich für Mühe mit mir machen! So einen großen und schweren Kupferkessel eigens herbeizuschaffen!« Der Lauterfresser verzog den Mund zu einem schrägen Grinsen, dann legte er sich noch ein Weilchen aufs Ohr. Der Kupferkessel, der von den Gerichtsdienern fortgetragen wurde, schaukelte hin und her wie eine Wiege.

Der Lauterfresser wurde in den Kerker von Schloss Rodeneck gebracht und für seine Untaten verurteilt. Auf ihn wartete der Scheiterhaufen.

Aber auch das konnte ihm die gute Laune nicht verderben. Wozu auch? Was hatte er schon zu verlieren? Er hatte das Zaubern vom Teufel gelernt und ihm als Gegenleistung die Seele überschrieben. Ob der Lauterfresser nun auf dem Scheiterhaufen oder in der Hölle schmorte, da war kein großer Unterschied.

Als der Lauterfresser zum Scheiterhaufen geführt wurde, pfiff er ein Liedchen, scherzte mit den Schaulustigen und behauptete keck: »Heute wird es bestimmt noch einen heißen Tag geben!«

Damit sollte er Recht behalten. Keine Stunde später wurde es ihm ordentlich heiß, denn er wurde auf dem Scheiterhaufen zu Pulver und Asche verbrannt.

Der Drache vom Heiligkreuzkofel

Ein dunkler Schatten kreiste um den Kreuzkofel, dann stürzte er mit Gebrüll auf eine Hochebene nieder. Die Schafe, die dort weideten, stoben in alle Richtungen auseinander. Der Hirte packte den Hirtenbub am Arm und riss ihn mit sich. »Lauf um dein Leben! Schnell, wir müssen zum Abhang!«

Der Drache war schon so nahe, dass sein Flügelschlag die Hüte der beiden fortwehte. Aus dem Maul des Untiers blitzten messerscharfe Zähne, der heiße Atem fuhr den Hirten ins Genick. In letzter Sekunde erreichten sie den Abhang. Sie setzten zum Sprung an und verschwanden mit einem Aufschrei in der Tiefe. Das Maul des Drachens klappte hinter ihnen zu wie eine Falltür. Das Untier peitschte voller Wut mit dem Schwanz durch die Luft. Danach flog es zurück zur Hochebene. Die Schafe blökten jämmerlich.

Die Hirten hatten Glück. Die Graspolster, auf denen sie gelandet waren, hatten den Sturz abgefangen. Bis auf ein paar Schrammen an den Händen und Knien war ihnen nichts passiert.

Die beiden rappelten sich sofort wieder auf. Mit bangen Blicken sahen sie nach oben, der Hirtenbub weinte. Würde der Drache wiederkommen?

So schnell es ging, stiegen die Hirten zur nächsten Alm ab. Die Sennerin würde ihnen bestimmt helfen, die Verletzungen zu versorgen.

Als sie die Alm erreichten, fuhr ihnen der Schreck durch alle Glieder. Die Sennerin war verschwunden, und durch das Hüttendach konnte man den Himmel sehen. Der Drache hatte die Schindeln heruntergerissen und den Stall zerstört. Neben dem umgeworfenen Brunnentrog waren die Abdrücke seiner Krallen genau zu erkennen.

Die Hirten hasteten weiter. Wenn der Drache sie nur in Ruhe ließ!

Im Wald kam ihnen die Sennerin mit einigen Leuten entgegen. Sie war ins Dorf gerannt, um Hilfe zu holen.

Die Hirten wurden von den Leuten nach Sankt Vigil in Enneberg gebracht. Auch dort ging alles drunter und drüber. Die Gesichter der Menschen waren grau, ihre Blicke starrten zum Kreuzkofel, im Kirchturm läutete die Wetterglocke.

»Dieses Ungeheuer wird immer schlimmer!«, klagte ein Knecht. Eine Bäuerin jammerte: »Das war schon die dritte Alm und die sechste Schafherde in diesem Sommer!«

Eine Woche später wurde die vierte Alm überfallen. Der Drache fraß alles, was ihm vor das Maul kam. Die Bewohner der Bergbauernhöfe waren vor ihm nicht mehr sicher. Und in Enneberg trauten sich die Menschen kaum noch aus den Häusern.

Ein paar unerschrockene Männer versuchten den Drachen zu erlegen, konnten gegen das Untier aber nichts ausrichten. Die Schuppenhaut des Drachens war so hart, dass niemand imstande war, sie mit einer Waffe zu durchbohren.

Die Not der Bevölkerung kam auch Ritter Prack zu Ohren. Er wohnte auf Burg Asch in Enneberg und war bekannt für seine Kühnheit und Treffsicherheit mit dem Gewehr. Außerdem war er der beste Reiter weit und breit. Ob das genügte, um den Drachen zu bezwingen?

Ritter Prack überlegte nicht lange. Er schnallte den Sattel auf sein Pferd Sturmwind, sein Ziel war der Kreuzkofel.

Nach ein paar Stunden erreichte er die Almen, aber der Drache ließ sich nicht blicken.

Als Ritter Prack schließlich die Hochebene erreichte, fing Sturmwind an, unruhig zu werden. Der Drache musste ganz in der Nähe sein.

Ritter Prack spähte vorsichtig in ein Felsenloch, aber auch dort war das Untier nicht. Täuschte sich Sturmwind? War der Drache ausgeflogen? War es womöglich in eine andere Gegend gezogen, weil es hier kaum noch Schafe zum Fressen gab?

Das Pferd wusste es besser. Es blähte die Nüstern und ließ die Mähne herumwirbeln. »Ruhig, Sturmwind, ruhig«, flüsterte Ritter Prack in sein Ohr. In diesem Augenblick entdeckte er den Drachen. Er lag auf einem Felsvorsprung in der Sonne. Kaum hatte Ritter Prack das Gewehr angelegt, da riss der Drache die Augen auf. Er brüllte so laut, dass Sturmwind vor Schreck die Vorderläufe in die Luft warf. Der Schuss verfehlte den Drachen, Sturmwind jagte in wildem Galopp über die Hochebene.

Mit hastigen Flügelschlägen erhob sich der Drache in die Lüfte. Er kreiste über dem Reiter und dem Pferd, sein Schatten verdunkelte die Sonne.

Ritter Prack beeindruckte das wenig. Er zog an den Zügeln, bis Sturmwind stillstand. Ohne Hast lud er das Gewehr nach. Er stemmte den Schaft in die Achselhöhle und zielte auf das aufgerissene Maul des Untiers. Dieser Schuss durfte nicht danebengehen! Ritter Prack musste auf den Rachen zielen und so das Herz des Drachens treffen! Sonst würde es ihm genauso ergehen wie den anderen Männern, die gegen die Schuppenhaut des Untiers nichts ausgerichtet hatten.

Ritter Prack wartete in Seelenruhe, bis der Drache nahe genug war, dann drückte er mit dem Zeigefinger auf den Abzug. Bumm! Ein Knall hallte durch die Berge. Der Drache begann in der Luft zu trudeln, Blut tropfte aus seinem Maul. Das Untier flatterte noch ein bisschen mit den Flügeln, dann stürzte es zu Boden.

»Na, wer sagt's denn«, meinte Ritter Prack gelassen und strich Sturmwind über die Nüstern. »Wenn wir beide zusammen sind, kann gar nichts schief gehen.« Ohne sich auch nur ein einziges Mal nach dem Drachen umzusehen, ritt er zurück auf seine Burg.

Bis die Leute von Sankt Vigil den toten Drachen entdeckten, vergingen ein paar Tage. Danach trauten sie sich wieder aus den Häusern. Sie setzten die Almen instand und trieben das Vieh auf die Weiden. Als sie nach einiger Zeit erfuhren, wer den Drachen erlegt hatte, ließen sie auf dem Kreuzkofel eine Holztafel errichten. Darauf stand eine Danksagung, die Ritter Prack galt. Mit seiner Hilfe war in Enneberg wieder Ruhe eingekehrt. Um den Kreuzkofel kreisten nur noch Adler und Geier. Aber ihre Schatten waren zum Glück viel kleiner als der des Drachens.

Die untergegangene Stadt

In der kleinen Stadt auf dem Tartscher Bühel wurde Fasching gefeiert. An allen Ecken standen Marktbuden, verkleidete Männer, Frauen und Kinder zogen durch die Straßen.

Die Gaststube der Stadtschenke war überfüllt. Es roch nach Schnaps und Wein, Pfeifenrauch trübte die Luft. Auf den Tischen standen leere Flaschen und halb volle Teller, unter den Tischen lagen Betrunkene.

Ein Viehhändler warf dem Wirt ein paar Goldmünzen zu und bestellte eine weitere Runde Schnaps. Als er mit den Zähnen den Stöpsel aus der Flasche gezogen hatte, schrie er durch die Gaststube: »Fresst und sauft, so viel ihr wollt, Freunde. Ich habe mir beim Würfelspielen den ersten Preis geholt. Das muss gefeiert werden!«

Die Zechbrüder johlten und hoben die Gläser. Der Viehhändler goss Schnaps nach. Dabei lachte er: »Ausgerechnet einen Ochsen muss ich gewinnen. Ein Schnapsfass wäre mir lieber gewesen. In meinem Stall stehen schon fünfzig von diesen dummen Viechern.«

Nach einer Weile wurde es in der Stadtschenke ruhiger. Die Tischnachbarn des Viehhändlers schnarchten; sie waren mitten im Feiern vornübergekippt und eingeschlafen. In der Ecke kicherte ein Liebespaar.

»So eine faule Gesellschaft!«, beschwerte sich der Viehhändler und schüttete Schnaps über die Köpfe seiner Zechbrüder. »Alles aufgewacht! Jetzt wollen wir diesem dummen Ochsen ein wenig das Hüpfen beibringen. Das wird ein Spaß!«

Kurze Zeit später füllten sich die Gassen des Städtchens mit Schaulustigen. Der Viehhändler und seine Zechbrüder hatten den Ochsen aus dem Stall geholt und an einen Pfahl gebunden. Vor den Augen der Zuschauer fingen sie an, ihn mit Stöcken zu quälen.

Die Schaulustigen jubelten, der Ochse aber schlug mit den Beinen aus, hüpfte und zuckte. Sein Gebrüll stieg zum Himmel empor.

In dem Trubel bemerkte niemand, dass Wind aufgekommen war. Zuerst trieb er nur trockene Blätter vor sich her, dann aber erhob er sich zu einem Sturm. Wolkenfetzen jagten über den Himmel, Dachziegel wirbelten durch die Luft, Fensterscheiben zerbarsten. Ein gewaltiges Beben riss ein Haus nach dem anderen in die Tiefe. Nur die Kirche blieb übrig. Sie stand allein da, inmitten der aufgerissenen Erde.

Die Bewohner der umliegenden Dörfer machten jahrelang einen großen Bogen um die untergegangene Stadt. In Mals und Schluderns ging die Rede um, dass der Tartscher Bühel verflucht sei. Wer auch nur einen Fuß darauf setze, wäre für immer verloren.

Mit der Zeit aber wuchsen Gräser auf dem Bühel, hie und da zeigten sich sogar ein paar Blumen. Eines Tages verlief sich eine Schafherde dorthin. Als die Hirten sahen, dass die Schafe auf dem Bühel in Seelenruhe grasten, pfiffen sie nach dem Schäferhund: »Auf, Max, hol sie herunter!«

Der Hund gehorchte. Mit lautem Gebell trieb er die Schafe zurück. Keines der Tiere fehlte, weder den Schafen noch dem Hund war etwas passiert.

Allmählich wurden die Hirten neugierig und stiegen selbst auf den Tartscher Bühel.

»Hör einmal!«, meinte Bartl, als er die höchste Stelle des Hügels erreicht hatte. »Klingt das nicht hohl?« Er zeigte auf eine Vertiefung im Boden, welche die Form eines Quadrats aufwies.

Paul stampfte ein paar Mal mit dem Fuß auf. »Da ist wirklich etwas. Lass uns nachgraben, vielleicht gibt es für uns etwas zu holen. Die Bewohner der untergegangenen Stadt sollen steinreich gewesen sein.«

Bartl zögerte anfangs, dann aber blickte er auf seine Hose. Sie hatte mehr Löcher als ein Sieb, und Schuhe besaß er überhaupt keine. Nein, gegen ein bisschen Reichtum hatte auch er nichts einzuwenden. Der Schäferhund Max half ihm und Paul beim Graben.

Bald hatten sie eine Luke freigelegt, durch die sie auf einen Dachboden gelangten. Von dort aus führte eine Treppe in das Innere eines Hauses, ein schmaler Lichtstreifen brach sich auf dem Treppengeländer.

Paul ging voran, die Holzstufen knarrten unter seinem Gewicht. Auf einmal wurde er von Bartl zurückgerissen. »Nichts wie weg! Da hocken Skelette an den Tischen!«

»Sei still, die tun dir nichts!«, flüsterte Paul. »Das ist eine Stadtschenke, hier liegt bestimmt irgendwo Geld herum.« Er machte sich von Bartls Griff frei, mit langsamen Schritten ging er auf einen Tisch zu. In der Hand des toten Wirts sah er etliche Goldmünzen.

Paul zog mit spitzen Fingern daran, als das Skelett plötzlich nach vorne kippte. Im Hals des Hirten erstickte ein Schrei. Er schüttelte das Skelett ab, dann stolperte er hinter Bartl die Treppe hinauf.

In heller Aufregung krochen die beiden durch die Dachluke ins Freie. Sie warfen den Eingang mit Erde zu und rannten wie verrückt den Hügel hinunter.

Von diesem Tag an machten sie wieder einen großen Bogen um den Tartscher Bühel. Bartl war mit seiner löchrigen Hose auf einmal sehr zufrieden, und die Goldmünzen des toten Wirts interessierten Paul kein bisschen mehr.

Ob es die waren, die der Wirt vor Jahren von dem Viehhändler bekommen hatte?

WIRTSHAUS

Der Saltner erlöst die Jungfrau

Der Saltner legte seinen Stock ins Gras und setzte sich auf die Steinstufen. Eine Wolkenbank hatte sich vor den Mond geschoben, in den Weinbergen war es stockdunkel.

»Zum Kuckuck!«, schimpfte der Saltner. »Wieso habe ich die Laterne nicht mitgenommen? Die Traubendiebe werden sich freuen! Jetzt muss ich hier hocken, bis der Mond wiederkommt.«

Die Turmuhr schlug elfmal. In den Häusern von Kurtatsch gingen die Lichter aus. Die Wolke vor dem Mond ließ sich Zeit, der Saltner gähnte. Er war nicht mehr der Jüngste.

»Wie wär's mit einer Prise Schnupftabak?«, fragte plötzlich jemand aus der Dunkelheit heraus. Eine schwarze Gestalt trat hinter einem Holunderbusch hervor. Sie hinkte auf einem Fuß.

»Nichts dagegen«, meinte der Saltner, griff nach der Tabakdose und schnupfte braunes Pulver. Ein Angsthase war er nie gewesen, und auf das Maul gefallen war er erst recht nicht. Trotzdem war er froh, dass die Wolkenbank allmählich weiterzog. Im Mondschein war zu erkennen, dass der Fremde ein Jäger sein musste. Auf seinem Hut steckte eine lange, gebogene Feder.

Der Saltner nieste dreimal und sah den Fremden von der Seite her an. Stank der so nach Schwefel, oder war das nur der Schnupftabak, der in der Nase brannte?

»Nimm noch eine Prise, das macht Mut«, riet der Jäger. »Um Mitternacht wirst du den gebrauchen können.«

Der Saltner schüttelte den Kopf. »Um Mitternacht? Wieso denn das?«

Der Jäger steckte die Tabakdose weg, danach wurde seine Stimme zu einem Flüstern. Er behauptete, dass um Schlag zwölf eine große Schlange auf den Saltner losgehen würde. »Sie wird sich um deinen Leib winden und dir den Speichel aus dem Mund saugen. Du darfst ihr aber nichts tun, sonst wird es dir schlecht ergehen.«

»So, so. Auch das noch. Nichts tun darf ich ihr«, spöttelte der Saltner und kratzte sich am Bart. Dann erhob er sich mit einem Ruck und riss seinen Stock nach oben. »Du bist mir ja ein ganz Schlauer. Willst mir wohl Angst einjagen, damit ich heimrenne und du an die Trauben herankommst, was? Verschwinde, aber auf der Stelle! Sonst wird es dir gleich schlecht ergehen!«

Der Stock des Saltners pfiff durch die Luft; der Jäger sprang davon wie ein Geißbock. Er fluchte »Höllenfeuer!« und »Verdammt sollst du sein!«.

Der Saltner bekreuzigte sich ein paar Mal, dann machte er sich auf zu seiner Runde durch den Weinberg. In der linken Hand hielt er den Stock, in der rechten sein Messer. – Für den Fall, dass es dem Fremden einfallen sollte wiederzukommen. Vor der großen Schlange, von der der Jäger gesprochen hatte, fürchtete sich der Saltner aber nicht im Geringsten. Er bewachte diesen Weinberg nun schon über dreißig Jahre lang. In dieser Zeit war ihm noch keine Schlange begegnet, die dicker als sein Arm gewesen wäre.

Nach einer Weile machte der Saltner Rast. Er zündete gerade seine Pfeife an, als die Turmuhr wieder zu schlagen anfing. Der Saltner zählte mit: »Neun, zehn, elf, zwölf.« Als der letzte Glockenschlag verklungen war, legte er die Hand an sein Ohr. War da nicht ein Geräusch? Hatte sich nicht eben der Holunderbusch bewegt? Ein Fauchen ließ den Saltner plötzlich rückwärts gehen.

»Himmelherrgott noch einmal!«, rief er.

Eine gewaltige Schlange kam auf ihn zugeschossen. Im Nu hatte sie sich um seinen Leib gerollt. Die Schlange züngelte, langsam schob sich ihr Kopf zu seinem Mund hin. Der Stock des Saltners fiel zu Boden.

»Bist du verrückt, Mistvieh? Denkst du, mich graust vor gar nichts?« Schon sauste sein Messer nieder. Die Schlange rutschte zu Boden wie ein nasser Lappen. Dann geschah noch etwas: Aus dem Rumpf der Schlange kroch eine junge Frau. Sie fiel dem Saltner um den Hals. »Endlich bin ich frei. Das habe ich nur deinem Mut zu verdanken!«

Die junge Frau erzählte ihm, dass der Jäger niemand anderer war als der Teufel. Er hatte sie in eine Schlange verwandelt, weil sie sich geweigert hatte, ihn zum Liebhaber zu nehmen. Bevor die junge Frau fortging, versprach sie dem Saltner, immer an ihn zu denken.

Der Saltner winkte ihr noch eine Weile nach, dann schob er die Schlange mit dem Stock in ein Gebüsch. Jedesmal, wenn er in dieser Nacht auf seinen Rundgängen an ihr vorbeikam, murmelte er: »Was es heutzutage alles gibt. Was einem heutzutage so alles passieren kann.« Mehr wusste er dazu nicht zu sagen. Das wollte bei ihm etwas heißen.

Im Morgengrauen machte sich der Saltner auf den Heimweg. Er freute sich auf sein Bett. Außerdem hatte seine Frau ihm bestimmt schon eine Tasse Milch auf den Herd gestellt.

Während der Saltner durch den Hausgang schritt, fiel ihm auf, wie schwer sein Mantel auf einmal war. Als er in die Küche trat, bemerkte er, wie es in der rechten Tasche klimperte.

»Da schau her, Mathilde!«, rief er. »Aus dem Geldstück, das ich gestern vom Pichler-Bauern für das Heumähen bekommen habe, ist eine ganze Hand voll Münzen geworden! Das kann nur die erlöste Jungfrau gewesen sein.«

»Wer?«, fragte Mathilde und war so erstaunt, dass sie sich auf einen Stuhl setzen musste. Während der Saltner die warme Milch schlürfte, erzählte er ihr die Geschichte von dem Jäger und der Schlange. Danach dachte er überhaupt nicht mehr ans Schlafen. In der Früh ging er mit seiner Frau nach Kurtatsch. Dort bestellte er für sie beim Schuster ein Paar gute Schuhe. Solche mit Spangen, die hatte sich Mathilde schon lange gewünscht.

Beim Sägewerk besorgten sich die beiden Holz für den Winter, und beim Nachbarn kauften sie sich eine zweite Kuh.

Am Abend machten sie es sich in der Stube gemütlich. Sie legten das übrig gebliebene Geld auf den Tisch. Sie zählten es dreimal, viermal, fünfmal, aber es war noch genauso viel, wie am Morgen.

In den nächsten Tagen erging es dem Saltner nicht anders. Er konnte von dem Geld ausgeben, wie viel er wollte, es blieb immer gleich viel. Die erlöste Jungfrau hielt, was sie ihm versprochen hatte: Sie hörte nie auf, an ihn zu denken – ihr ganzes Leben lang.

Die Pachler-Zottl

Im Stall war es warm. Barb, die junge Bäuerin vom Pachlerhof in der Sarntaler Windlahn, schüttelte mit der Gabel das Heu auf. Die Kühe reckten die Hälse nach ihr, die Bless muhte.

Barb schob ihr das Futter hin. »Brave Bless, gute Bless. Du frisst, als ob du nie krank gewesen wärst.« Dabei strich sie mit der Hand über die breite Stirn der Kuh.

Vor zwei Tagen noch hatte es mit der Bless gar nicht gut ausgesehen. Sie hatte trübe Augen und ein heißes Euter gehabt.

Kunz, der Bauer vom Pachlerhof, griff nach dem Melkstuhl und dem Milchkübel. »Ich hätte nie gedacht, Barb, dass deine Kräuter der Bless helfen würden. Du kannst es wirklich gut mit unserem Vieh.«

Kathl, eine Verwandte des Bauern, war gerade dabei, den Stallboden zu kehren. Sie hatte gehört, wie Kunz seine Frau gelobt hatte. Voller Zorn schleuderte sie den Besen in die Ecke. Vor einem Jahr noch hatte Kathl auf dem Hof das Sagen. Aber seit Kunz der Barb begegnet war, ließ er sich von niemandem mehr etwas vorschreiben. Ganz besonders von der Kathl nicht.

»Barb hier, Barb da. Diesem Täubchen werde ich es schon noch zeigen«, zischte Kathl. Mit schnellen Schritten eilte sie zum Nachbarhof. Der Bauer dengelte dort in der Scheune die Sense. »Stell dir vor, gestern wollte der Kunz die Bless noch schlachten«, raunte Kathl, »aber die Barb hat sie wieder auf die Beine gebracht. Mit einem Sud aus Kräutern, ich habe es mit eigenen Augen gesehen. Glaub mir, bei der geht es nicht mit rechten Dingen zu.«

Der Nachbar schulterte die Sense. »Ich habe es dem Kunz schon gesagt, bevor er die Barb geheiratet hat. Die Weiber vom Stöckelehof drüben in den Auen sind windverdrehte Luder. Barbs Mutter ist eines, die Barb ist eines, und ihre Schwester Angl ist auch nicht besser. Eines Tages werden dem Kunz die Augen schon noch aufgehen!« Der Nachbar spuckte zu Boden; ohne Gruß ging er aus dem Schuppen. Die Frauen vom Stöckelehof hatte er nie leiden können. Dass der Kunz eine von denen geheiratet hatte, passte ihm noch weniger.

Barb war Kathls Verhalten nicht entgangen. Sie seufzte still, dann holte sie eine Bürste und fing an, das Fell der Kühe zu säubern. Nach kurzer Zeit ließ sie die Bürste sinken, ihre Hand griff nach der Schulter von Kunz. »Ich weiß bald nicht mehr, was ich tun soll. Die Kathl mag mich nicht. Sie geht mir aus dem Weg, seit ich auf dem Hof bin.«

»Ach, die Kathl«, lachte Kunz. »Geh Barb, hör endlich auf, dir wegen der den Kopf zu zerbrechen. Die findet keinen zum Heiraten, deswegen ist sie so grantig.« Danach wendete sich Kunz wieder dem Melken zu. Die Sehnen auf seinen Armen spannten sich, die Milch spritzte mit einem zischenden Geräusch in den Kübel.

In Barbs Gesicht breitete sich Trauer aus. Wie gerne hätte sie mit Kunz geredet. Über ihre Einsamkeit hier in der Windlahn. Über die Kathl, die sich von ihr nichts sagen ließ. Über die Nachbarn, die sie ständig so eigenartig anschauten. Oder täuschte sich Barb da nur? Hatte Kunz vielleicht doch Recht, und sie machte sich zu viele Sorgen?

Die Zeit verging auf dem Pachlerhof in der Windlahn. Im Herbst hackte Barb die Kartoffeln aus der Erde, und im Winter saß sie am Spinnrad. Nach dem Abendessen setzte sich Kunz zu ihr an den Ofen. Er stopfte seine Pfeife und schnitzte Krippenfiguren. Ab und zu wanderten seine Blicke zu Barb. Dabei blieben sie immer öfter auf ihrem Bauch hängen.

Kathls Fragen hingegen waren wie Dornen, die sich in Barbs Haut bohrten. »Warum bekommst du nicht endlich Kinder? Verwehrt sie dir der liebe Gott? Hat da womöglich der Teufel seine Hand im Spiel?«

So war es auch an diesem Abend. Barb wurde rot vor Scham, und Kunz schickte Kathl aus der Stube. In der Schlafkammer aber packte er Barb an den Handgelenken und schüttelte sie. »So Unrecht hat Kathl gar nicht. Was ist los mit dir? Wieso bist du nicht längst schwanger? Der Hof braucht einen Erben, wozu habe ich dich sonst geheiratet?«

Barb schreckte zusammen. So hatte Kunz noch nie mit ihr geredet. Er hatte sie noch nie angebrüllt und durchgeschüttelt. Sonst konnte er keiner Fliege etwas zuleide tun.

»Ich weiß es nicht, Kunz. Bitte glaube mir«, stammelte Barb. Mehr brachte sie nicht über die Lippen. Barfuß und im Nachthemd rannte sie aus dem Zimmer. Die Haustür schlug hinter ihr zu. Im Hof klammerte sie die Finger ineinander, aus ihrer Brust drang ein Gebet: »Vater unser im Himmel, geheiligt werde dein Name …« Ihr Blick richtete sich nach oben, aber der Himmel über ihr war pechschwarz. Schneeflocken fielen in ihr Gesicht, auf ihr Nachthemd tropften Tränen.

Der Frühling kam ins Land, aber Barb war immer noch nicht schwanger. Sie arbeitete fleißiger denn je, und sie war zu allen freundlicher denn je.

Nur Kunz wurde von Tag zu Tag mürrischer. Er sah an Barb vorbei, als wäre sie überhaupt nicht da. Trotzdem beobachtete er sie ständig aus den Augenwinkeln; fast so, als könnte sie ihm etwas Schlimmes antun. Er ließ zu, dass Kathl sie bei jeder Gelegenheit schlecht machte. Und als Barb einmal das Essen angebrannt war, schlug er ihr mitten ins Gesicht.

Je mehr Kunz sich von ihr abwandte, desto stiller wurde Barb. Kathl und der Nachbar schimpften inzwischen offen über die Frauen vom Stöckelehof. Sie nannten Barbs Mutter und ihre Schwester Angl ein Hexenpack und Teufelsweiber. Die übrigen Bewohner der Windlahn fingen an, Barb zu meiden, als hätte sie eine ansteckende Krankheit.

An einem Sommermorgen saß Barb am Brunnen vor dem Haus. Ihr Blick ging hinüber zum Stöckelehof in den Auen, und das Heimweh nach der Mutter und der Schwester Angl schnürte ihr die Kehle zu. Was hatte die Mutter Barb am Hochzeitstag gewünscht? Dass sie glücklich sein solle in der Windlahn? Was war nur aus diesem Wunsch geworden?

Gedankenverloren tauchte Barb ihre Hand in den Brunnen. Das Wasser war kalt und prickelte auf der Haut.

Zur gleichen Zeit schoben sich über den Sarntaler Bergen dunkle Gewitterwolken zusammen, aber Barb bemerkte sie nicht. Sie bemerkte auch Kathl nicht, die sie vom Küchenfenster aus beobachtet hatte und sich wie ein Schatten vom Hof stahl.

Der Nachbar war gerade dabei, den Gartenzaun auszubessern. Kathl hatte ihm

Entsetzliches über die Pachlerbäuerin zu berichten.

Inzwischen hatte ein Donnerschlag Barb aus den Gedanken gerüttelt, eine Windböe fuhr ihr ins Haar. Barb erreichte gerade noch rechtzeitig das Haus, da prasselte ein Unwetter auf die Windlahn nieder. Hagelkörner, so dick wie Taubeneier, zerschlugen die halbe Ernte.

Am Mittag kündigte Kathl dem Pachlerbauern den Dienst auf. Mit bösen Anschuldigungen gegen Barb verließ sie das Haus. Am Nachmittag wussten alle in der Windlahn Bescheid, und am Abend wusste es bereits das ganze Dorf: Wenn die Barb mit der Hand im Brunnen rührt, kann sie Unwetter herbeihexen. Wer weiß, was die Pachlerbäuerin noch für gottvergessene Teufeleien treibt?

In den kommenden Tagen und Wochen schlichen erstaunlich viele Leute am Pachlerhof vorbei. Ihre Blicke trafen Barb wie Pfeile. Sie wagte sich fast nicht mehr aus dem Haus. Sie traute sich nicht mehr ins Dorf und fehlte auch am Sonntag beim Kirchgang. Sie hatte keinen Menschen, mit dem sie reden konnte. Nur Bless, die Kuh, hörte ihr zu.

Kunz fragte nie, wie es Barb ging. Er schaute einfach weg. Sein Gesicht war zu Granit geworden.

Eines Tages brachte er das kleine Mädchen eines Witwers ins Haus. Barb sollte es in Pflege nehmen, denn sonst war keiner da, der für das Mädchen sorgen konnte. Die Pachlerbäuerin willigte sofort ein. Sie schloss das Kind in ihr Herz, es wurde ihre größte Freude.

Nach einiger Zeit aber erkrankte das Mädchen an einer Halsentzündung. Barbs Kräutermedizinen kamen gegen das Fieber nicht an. Auch ihr Singen und Wiegen half nichts. Nach einer Woche starb das Mädchen in ihren Armen.

Wieder gingen üble Reden durch das Dorf: Die Pachlerin hat das Kind verhext. Die Pachlerin hat die schönste Kuh vom Hillerhof zu Tode stürzen lassen. Die Pachlerin hat das Unglück auf der Alm verschuldet. Die Pachlerin, die Pachlerin …

Der Aberglauben der Leute war wie eine Schlinge, die immer enger wurde. Alles an Barb war auf einmal verflucht, ihre klugen Augen, ihr sanftes Wesen, ihr Wissen um Kräuter und Heilkräfte.

Kunz fragte Barb nicht einmal, was es mit dem Gerede der Leute auf sich hatte. Stattdessen griff er zur Schnapsflasche. Wenn er betrunken war, schrie er Barb an: »Geh mir aus den Augen! Mit dir ist die Schande auf meinen Hof gekommen!«

Als Kunz wieder einmal betrunken auf der Ofenbank lag, schnürte Barb ihre Habseligkeiten in ein Stofftuch und zog zu ihrer Mutter und ihrer Schwester Angl. Nach einer Weile aber starb die Mutter, und Angl zog aus dem Sarntal fort. Barb war allein, und das Gerede um sie wurde immer lauter. Die Leute nannten sie »Hexe« und »Teufelsbündlerin«.

Barb verstand die Welt nicht mehr. Sie wusste, dass sie keine Hexe war, aber sie zweifelte langsam an sich selbst. Wenn niemand sie mochte, dann musste sie doch schlecht sein, oder?

Barb fing an, sich gehen zu lassen. Sie kämmte sich nicht mehr die Haare, sie wusch sich nicht mehr, sie irrte in zerrissenen Kleidern durch die Wälder. Die Leute, denen sie begegnete, fuhren sie an: »Verschwinde, du elendes Miststück, sonst schlagen wir dich tot!«

Die Kinder warfen mit Steinen nach ihr und schrien ihr nach: »Pachler-Zottl! Pachler-Zottl!«

Schließlich wurde Barb gefangen genommen. Im Turm auf Reinegg wurde sie gequält und geschlagen. Barb wimmerte vor Schmerz und sagte alles nach, was ihr eingeredet wurde. Sie gestand den Bund mit dem Teufel, die Hexerei, die Wettermacherei, die Verwünschungen.

Im Hochsommer wurde der Pachlerbäuerin in Sarnthein der Prozess gemacht. Alle waren da: der Kunz, die Kathl, der Nachbar, die Bauern in der Windlahn, die Leute vom ganzen Tal. Der Richter las die Anklage vor, während Barb ihre Wunden an der Stirn und an den Schläfen, Armen und Beinen mit Speichel kühlte. Sie wusste genau, was die Leute mit ihr machen würden, aber es war ihr gleichgültig. Sie sah allen ins Gesicht, einem nach dem anderen. Sie sah in Gehirne, die voll Sand waren. Sie stieß auf Herzen aus Stein.

Danach ging das Licht in Barbs Augen aus wie eine Kerze. Alles um sie herum wurde trüb und stumpf. Barb war nur noch müde. Zum Sterben müde.

Ob sie noch hörte, wie sie ausgepfiffen und verflucht wurde?

Ob sie noch spürte, wie sie gestoßen und gepeinigt wurde? Nahm sie ihre letzten Stunden im Turm von Reinegg überhaupt noch wahr?

Am Tag der Hinrichtung schoben die Wachen Barb durch die Menge. Sie ging willenlos wie eine Stoffpuppe, ihre Mundwinkel zuckten. Der Scheiterhaufen war bereits hergerichtet, und Barb wurde an den Pfahl gebunden. Von den Wiesen her bimmelten die Glocken der Schafherden, die Lärchenbäume leuchteten dunkelgelb.

Während der Henker das Feuer unter Barbs Füßen anzündete, ging ein Raunen durch die Menge. Der Pfarrer sagte: »Lasset uns für diese arme Seele beten.« Kunz und Kathl bekreuzigten sich dreimal. Die Leute falteten fromm die Hände.

Die Jungfrauen vom Sterzinger Moos

Es war Sommer in Sterzing. Auf dem Kirchtag ging es hoch her, Musikanten spielten auf, Paare wirbelten über die Tanzfläche, ein Gewirr von Stimmen erfüllte die Luft.

Michl saß mit etlichen Burschen und Mädchen am Tisch und unterhielt sich mit ihnen. Gegen Abend stieg die Stimmung; sie erzählten sich einen Witz nach dem anderen. Die Burschen hielten sich die Bäuche vor Lachen, und die Mädchen bekamen rote Köpfe.

»Kennt ihr schon den neuesten? Den von den Jungfrauen im Sterzinger Moos?«, fragte Michl in die Runde.

»Hör mir damit auf!«, beschwerte sich Peter. »Über so etwas macht man keine Witze!«

Michl tippte sich mit dem Zeigefinger an die Stirn. Schon wieder so ein Oberschlauer, der alles nachplapperte, was die Leute herumerzählten. »Was, du etwa auch? Du wirst diesen Schmarren doch nicht glauben?«

»Einen Schmarren nennst du das?«, begehrte Peter seinerseits auf. »Das kann nur einer sagen, der den Gespenstern noch nie begegnet ist. Gleich wird es Nacht, dann kannst du dich selbst überzeugen. Wetten, dass du es im Moor keine Stunde lang aushältst!«

Unterdessen war Marie näher zu Michl herangerückt. Sie hielt ihn am Arm fest. »Lass den Peter doch reden«, warnte sie. Ihrer Meinung nach war es im Moor gefährlich, ob dort nun die Jungfrauen geisterten oder nicht. Man brauchte nur einen falschen Schritt zu tun, und schon war es zu spät. Für immer!

Michl hörte nicht auf Maries Warnung, schob ihren Arm weg, warf die Haare nach hinten und erhob sich. Vom Peter ließ er sich nicht lächerlich machen. Und schon gar nicht vor Marie und den Freunden. »Also los«, forderte er. »Schlag ein, und die Wette gilt!«

Ein paar Musiktakte später liefen Michl und Peter über die Festwiese. Marie und die anderen eilten hinterher. Als sie das Sterzinger Moos erreicht hatten, feuerten die Mädchen Michl an: »Das schaffst du leicht!«

Einer der Burschen scherzte: »Du kannst meinetwegen gleich ein paar Moorjungfrauen heiraten, dann geben sie vielleicht endlich Ruhe.«

Alle lachten, nur Marie war still geworden. »Gib Acht auf dich!«, rief sie Michl nach, bevor er zwischen den Weiden verschwand. Die Angst stand ihr ins Gesicht geschrieben.

Michl folgte einem Fuhrweg, der Boden unter seinen Füßen war matschig. Das Quatschen der Schritte übertönte bald das Lachen der Burschen und Mädchen, ab und zu quakte ein Frosch. Michl achtete nicht darauf. Dem Peter würde er es schon noch zeigen!

Die Nacht war bereits hereingebrochen, als Michl einen Damm aus Holzknüppeln und Baumstämmen erreichte. Links und rechts davon war schwarzes Wasser, Nebelschwaden wogten auf und ab. Verbreiteten sie diesen dumpfen Gestank, oder woher kam er sonst?

Der Damm war schmal. Michl blieb nichts anderes übrig, als den Damm auf allen Vieren zu überqueren. Ein Vergnügen war das nicht, aber gewettet war gewettet.

Als er den Damm zur Hälfte hinter sich gebracht hatte, flackerten in der Nähe mehrere Lichter auf. Sie hatten einen blauen Schimmer und schienen über dem Wasser zu tanzen. Gleichzeitig ging ein seltsames Rufen durch das Moor. Oder war es mehr ein Singen?

Nun lief Michl doch eine Gänsehaut über den Rücken. Er spähte nach allen Seiten. »Hallo, ist da wer?«

Niemand antwortete, aber neben dem Damm gluckste es auf einmal. Hatte der eigenartige Geruch Michls Hirn inzwischen so benebelt oder kroch da wirklich eine Frau aus dem Wasser?

Jetzt setzte sie sich auch noch auf den Damm. Ihr Haar reichte bis zu den Füßen, ihr Gesicht war blass und schön. Die Fremde lächelte.

»Hier im Moor gibt es viele so wie mich«, säuselte sie mit einer Sing-Sang-Stimme. »Komm, steig ins Wasser, ich will sie dir zeigen.«

Michl fasste sich mit beiden Händen an die Stirn. Sein Kopf war wie aufgeblasen. Was hatte die Frau gesagt? Hier im Moor gibt es viele so wie sie?

Unwillkürlich drehte Michl sich um, aus der schwarzen Flut starrten ihm hässliche Fratzen entgegen. Sie wälzten sich auf ihn zu und hauchten ihm ins Gesicht. Ihr Atem war kalt wie der Winter.

Im selben Augenblick verwandelte sich die Frau auf dem Damm in ein steinaltes Weib. Ihr Mund hatte mehr Lücken als Zähne, aus ihrem Haar tropfte Schlamm. Die Frau versperrte Michl den Rückweg, schon griffen ihre spindeldürren Finger nach ihm.

Michl fing vor Angst an zu zittern. Sollte Peters Behauptung doch zutreffen? Waren das wirklich Moorgespenster? Oder war es vielmehr dieser eigenartige Geruch, der den Augen Bilder vortäuschte? Was sollte Michl nur tun?

»Verschwindet! Weg da!«, brüllte er. Blind vor Verzweiflung schlug er um sich. Die Alte klatschte der Länge nach ins Wasser, Michl hechtete über den Damm.

Bis die seltsamen Wesen an Land gekrochen waren, hatte er bereits den Fuhrweg erreicht. Er rannte, dass der Morast nach allen Seiten spritzte. Herabhängende Äste schlugen ihm ins Gesicht.

Der Kopf schmerzte zum Zerspringen, als Michl auf die Mädchen und Burschen zuwankte. »Helft mir!«, rief er mit einer Stimme, die seiner eigenen kein bisschen mehr glich. »Ich kann nicht mehr!« Sein Hemd war zerrissen, auf der Stirn und an den Wangen klafften mehrere Platzwunden.

Marie war als Erste bei Michl. Sie stammelte: »Bei allen guten Geistern, wer hat dich so zugerichtet?«

Gleich darauf kam Peter hinzu und griff Michl unter die Arme. »Ich hätte mich nie auf diese Wette einlassen dürfen!«, rief er. »Nichts wie weg von hier, sonst holen uns noch die Moorjungfrauen!«

Hals über Kopf machten sich Michl, Marie, Peter und die anderen auf den Heimweg. Obwohl Michl es im Moor keine halbe Stunde ausgehalten hatte, wurde er von niemandem verspottet. Sein Anblick hatte allen das Blut aus dem Gesicht weichen lassen. Die Burschen und Mädchen sahen selbst fast aus wie Gespenster.

Der weiße Hirsch

Im Martelltal lebte vor Zeiten ein Mann auf dem Berghof Stallwies. Seine größte Leidenschaft war die Hirschjagd. In seiner Stube hingen die schönsten Geweihe, die ein Jäger je zu Gesicht bekommen hatte.

Eines Abends saß der Stallwieser im Gasthaus bei einer Kartenrunde.

»Trumpfkönig ist angesagt. Dieser Stich gehört mir!«, rief der Heindl-Heiner.

»Nichts da, Trumpfass sticht!«, lachte der Stallwieser und blätterte seine Karten auf den Tisch. Schon wieder hatte er gewonnen, heute war sein Glückstag. Er rief die Wirtin. »Noch eine Runde. Der Heiner zahlt!«

Der Heindl-Heiner machte ein saures Gesicht, während er sein letztes Geld in die Hand der Wirtin zählte. Das war nun schon die vierte Runde, die auf seine Rechnung ging. In seinen Hosentaschen waren nur mehr ein zerdrücktes Schnäuztuch und ein ausgefranstes Loch.

»Das darf doch nicht wahr sein! Du gibst schon auf?«, stichelte der Stallwieser. Seine Augen bekamen einen Glanz, als hätte er Fieber. Diesmal musste er den Heiner herumkriegen! Heute musste er ihm den Weideplatz von dem weißen Hirsch verraten! Der Heiner war der einzige Mensch auf der Welt, der ihn kannte.

Der Heindl-Heiner gab sich einen Ruck und mischte die Karten neu. So ging es Runde um Runde, der Stallwieser gewann, und der Heindl-Heiner verlor. Zur Sperrstunde legte ihm die Wirtin die Rechnung auf den Tisch. Der Heindl-Heiner fing an zu stottern, er stand bei ihr mit einer ziemlichen Summe in der Kreide.

Der Stallwieser rieb sich heimlich die Hände, dann klopfte er Heiner auf die Schulter. »Nimm's nicht so tragisch. Wenn du mir verrätst, wo der weiße Hirsch weidet, zahle ich und du bist die Schulden los.« Flink zog der Stallwieser mehrere Geldscheine aus der Tasche und fuchtelte damit vor Heiners Nase herum. Würde sein Plan aufgehen? Würde der Heindl-Heiner den Mund endlich auftun?

Der Stallwieser hatte Glück. Er zahlte Heindls Schulden und ging mit ihm aus dem Gasthaus. Der Mund stand ihm offen wie ein Scheunentor. »Was, so ein Geweih? Und schneeweiß von Kopf bis Fuß? Beim Wegkreuz auf dem Forstweg willst du ihn gesehen haben? Bist du dir da auch ganz sicher?«

Der Heindl-Heiner legte drei Finger aufs Herz und beschrieb dem Stallwieser die Stelle, wo er dem weißen Hirsch begegnet war, noch ein zweites und drittes Mal.

Nun packte den Stallwieser endgültig das Jagdfieber. Er verabschiedete sich vom Heindl-Heiner und rannte auf der Stelle nach Hause. Dort hängte er sich das Gewehr über die Schulter. Mit einer Laterne in der Hand ging er in die Nacht hinaus. Er musste den weißen Hirsch kriegen! Um jeden Preis!

In den kommenden Wochen sah man den Stallwieser öfter bei der Pirsch als bei der Arbeit. Er bekam den weißen Hirsch ein paar Mal zu Gesicht, aber nicht vor das Gewehr. Einmal war das Unterholz zu dicht, ein anderes Mal war die Entfernung zu groß. Die Leute vom Dorf lachten schon über den Stallwieser.

Langsam wurde ihm das zu dumm. Er ließ das Arbeiten ganz bleiben und stöberte von früh bis spät in den Wäldern herum. An den Samstagabenden ging er nicht mehr ins Gasthaus. Und an den Sonntagen fehlte er sogar bei der Messe. Der Heindl-Heiner behauptete: »Wenn einer nicht mehr die Zeit zum Kirchgang findet, wird es mit ihm ein schlimmes Ende nehmen.« Sollte er damit womöglich Recht behalten?

Am nächsten Sonntag war der Stallwieser wieder auf der Jagd anstatt in der Kirche. Er schlich sich gerade an den Weideplatz des weißen Hirschs heran, da läuteten die Glocken das erste Mal zum Hochamt. Der Hirsch spielte kurz mit den Ohren, dann sprang er mit einem Satz davon. Der Stallwieser maulte: »Können diese elenden Kirchenschellen nicht ein paar Minuten später läuten?«

Nach einer Weile entdeckte er den weißen Hirsch auf einer Lichtung. Das Tier äste friedlich in der Sonne; sein Fell war schneeweiß, und das Geweih war gewaltig.

Der Stallwieser pirschte sich gegen den Wind an. Er legte den Zeigefinger auf den Abzug, als es vom Kirchturm her das zweite Mal zum Hochamt läutete. Der Hirsch riss den Kopf herum, mit weiten Sprüngen setzte er über Almrosenbüsche und Wacholderstauden hinweg.

»Verfluchtes Geläut! Geht das nicht ein bisschen später?« Blind vor Wut jagte der Stallwieser hinter dem weißen Hirsch her. Das Tier blieb öfters stehen, so, als ob es sich nach seinem Verfolger umsehen wollte. Der Stallwieser bemerkte das nicht. Er bemerkte auch nicht, dass die Gegend immer felsiger wurde. Endlich blieb der Hirsch stehen, der Stallwieser zielte genau, der Schuss krachte.

Aber wo war der weiße Hirsch auf einmal geblieben? Nirgendwo war ein Tropfen Blut zu sehen, nirgends war eine Spur. Nur vom Tal herauf kam schon wieder dieses Läuten.

»Zur Hölle mit diesen Kirchenglocken!«, entfuhr es diesmal dem Stallwieser. Kaum hatte er das gesagt, da fing der felsige Boden unter seinen Füßen an zu knirschen und geriet ins Wanken. Das Gestein türmte sich, wie von Geisterhand geschoben, zu einer senkrechten Wand auf.

Den Stallwieser durchzuckte das blanke Entsetzen. Er hing in dieser Wand fest; die Finger, mit denen er sich an einen Felsvorsprung geklammert hatte, fingen an abzurutschen. Schon zerschellte das Gewehr in der Tiefe.

Das gleichmäßige Bim-Bam der Kirchenglocken schwang sich durch das Martelltal. Ihre Töne waren das Letzte, das der Stallwieser von dieser Welt noch hörte.

Zauberer Oberleitner

Um den Oberleitnerhof in Terenten heulte der Wind, die Fensterläden klapperten, ab und zu schlug eine Tür.

In der Küche flackerte Kerzenlicht und warf dunkle Schatten an die Wände. Am Tisch saßen zwei Männer, einer von ihnen blätterte in einem dicken Buch. Die Schrift darin war rot wie Blut, auf jeder Seite standen seltsame Zeichen. Auf dem Buchdeckel war ein Totenkopf abgebildet.

Während der Gast des Oberleitners sich im Stuhl zurücklehnte, flog ein hämisches Grinsen über sein Gesicht: »Na, du bist doch zufrieden mit dem neuen Buch, oder?«

Der Oberleitner nickte heftig mit dem Kopf. »Das Rezept von Seite hundertneun muss ich sofort ausprobieren. Heute ist doch Neumond.« Er vergewisserte sich in seinem Kalender, danach setzte er mehrere Töpfe auf das Feuer. Er wühlte unter Bergen von Büchern und handgeschriebenen Zetteln. »Wo sind denn die Zündhölzer hingekommen? Und der Blasebalg, habe ich den etwa auch verlegt?«

Der Gast des Oberleitners fing an, mit den Fingernägeln auf den Tisch zu trommeln. Seine Hände sahen aus wie Krallen, über seinen Augen wölbten sich lange, dünne Brauen. »Ich sag's ja, von dem vielen Studieren wird man nur wirr im Kopf. Du wirst staunen, wie einfach das Zaubern mit dem neuen Buch ist. Du brauchst nur endlich den Vertrag unterschreiben, dann gehört es dir. Aber vergiss nicht, wenn in deinem Stall ein weißes Kalb zur Welt kommt, hole ich mir dafür deine Seele.«

Er zog unter dem schwarzen Umhang ein Schriftstück hervor. »Viel Zeit habe ich nicht mehr«, drängte er. »Es gibt noch genug andere Kundschaft.«

Sofort gab der Oberleitner die Suche nach den Zündhölzern und dem Blasebalg auf. Er las eine Weile in dem Schriftstück, dann tauchte er die Feder in das Tintenfass. Mit großen Buchstaben kritzelte er seinen Namen darunter.

Als der Gast gegangen war, konnte der Oberleitner das Lachen nicht mehr zurückhalten: »So ein Dummkopf! So kriegt der meine Seele nie. Im Pustertal hat noch nie eine Kuh ein weißes Kalb zur Welt gebracht. Weshalb soll das ausgerechnet in meinem Stall passieren?«

Gleich darauf weckte der Oberleitner seinen Knecht. »Mach Feuer an«, befahl er, »jetzt wird gehext und gezaubert, dass dem Teufel in der Hölle das Hören und Sehen vergeht!«

Der Oberleitner selbst las in dem neuen Buch. Er machte sich Notizen, er rechnete und plante. Der Knecht mischte nach seinen Anweisungen mehrere Pulver zusammen, unterdessen brodelten auf dem Feuer verschiedenfarbige Säfte. Von den Kochtöpfen stieg ein Qualm auf, dass die Küche rußschwarz wurde.

Am nächsten Morgen klopften drei Zimmerleute an die Tür des Oberleitners. Er hatte sie bestellt, weil er eine neue Scheune brauchte.

»Wozu hast du uns hergenarrt?«, beschwerten sich die drei. »Du hast nicht ein einziges Stück Bauholz beisammen!«

Der Oberleitner ließ sich von ihnen nicht aus der Ruhe bringen. Er fing den Hahn, der auf dem Misthaufen nach Futter scharrte. Damit schickte er den Knecht in den Wald, wo angeblich das Bauholz liegen sollte. Als der Knecht wiederkam, brachen die Zimmerleute in schallendes Gelächter aus. Sie zeigten auf den Hahn, der ein Bündel Strohhalme hinter sich herzog.

»Eine anständige Fuhre Holz ist das aber!«, rief der Zimmermeister.

»Und der Hahn ist wohl das Zugpferd!«, spottete der Geselle. »Oberleitner, bist du reif für das Narrenhaus?«

Der Zauberer schmunzelte ein wenig. Er löste das Band, mit dem die Strohhalme an dem Hahn befestigt waren. Er ließ die Zimmerleute und den Knecht ein Stück zurücktreten. Daraufhin tat er einen Spruch aus dem neuen Zauberbuch, und siehe da, mitten auf dem Hof lag so viel Bauholz, dass es für zwei Scheunen gereicht hätte.

Die Zimmerleute schluckten ein paar Mal, der Oberleitner hingegen rieb sich die Hände. Während die Scheune aufgebaut wurde, lernte er das neue Buch von vorn bis hinten auswendig. Wenn der Zauber mit dem Bauholz schon so gut geklappt hatte, war der Rest bestimmt nur eine Kleinigkeit.

Nach ein paar Wochen Übungszeit wusste der Zauberer, wie man Menschen und Tiere unbeweglich macht; er konnte von einem Tal zum anderen fliegen, und wenn er Hunger hatte, hexte er fremden Leuten das Essen von den Tellern. Wollte er jemanden ärgern, so zauberte er ihm Mäuse auf den Tisch. Und bekam er Lust auf einen Rehbraten, so ging er einfach wildern. Damit die Jagdaufseher ihn nicht erwischten, verhexte er ihnen die Gewehre. Auf diese Weise trafen die Kugeln nicht ihn, sondern flogen zu seinen Gegnern zurück.

Eines Tages aber brachte eine Kuh in seinem Stall tatsächlich ein weißes Kalb zur Welt. Als der Oberleitner das sah, wurde sein Gesicht wachsgelb. Er befahl seinem Knecht, die Bücher und Schriften sofort in den Bach zu schmeißen. Hinterher fragte er ihn, wie das Wasser der Rienz gewesen war, als er die Sachen hineingeworfen hatte. Der Knecht gab zur Antwort: »Trüb, so wie gestern.«

Der Oberleitner schnappte nach Luft. »Dann hast du nicht alle Bücher hineingeschmissen!«, fuhr er den Knecht an. »Verstehst du nicht? Mit der Zauberei muss Schluss sein! Der Teufel holt mich, wenn in meinem Stall ein weißes Kalb geboren wird!«

Jetzt bekam es auch der Knecht eilig. Zuerst warf er einen Stapel Schriften in die Rienz – das Wasser schäumte und zischte. Als er aber das Buch mit dem Totenkopf hineinschmiss, fing das Wasser zu brodeln an. Der Bach färbte sich blutrot. Er warf solche Wellen, dass sie über das Ufer schwappten.

Der Oberleitner hatte sich inzwischen im Haus versteckt. Er hatte sich den Rosenkranz umgehängt und betete ein Vaterunser nach dem anderen. Aus Angst vor dem Teufel setzte er tagelang keinen Schritt mehr vor die Tür.

Als er sich endlich doch wieder aus dem Haus wagte, traute er sich vor lauter Reue nicht mehr, zum Himmel aufzublicken.

Oder war auch das nur aus Angst vor dem Teufel?

13

Schloss Haselburg und die Bozner Glocken

Als Ritter von Kuepach in die Werkstatt trat, schlug ihm heiße Luft entgegen. Der Schmied stocherte mit einem Schürhaken im Ofen, der Schweiß lief ihm in kleinen Bächen von der Stirn.

Ritter von Kuepach grüßte, dann schnürte er einen Sack auf. Die Gold- und Silbermünzen klirrten, als er sie in einen Tiegel schüttete. Die Hitze des Ofens ließ sie wie Butter in der Sonne schmelzen. Anschließend goss der Schmied die Flüssigkeit in zwei Kupferkugeln. Noch in derselben Nacht brachten er und Ritter von Kuepach sie auf die Haselburg.

Die eine rollten sie zum linken Torbogen und die andere zum rechten. Danach bezahlte der Ritter den Schmied für seine Arbeit. Er trug ihm auf, den Inhalt der Kupferkugeln niemandem zu verraten.

Am nächsten Tag führte der Ritter seine Frau zum Schlosstor. »Eine schönere Zierde für unser Heim habe ich nicht finden können. Die beiden Kupferkugeln sollen Euch Freude machen, während ich fort bin.«

Eine Stunde später verließ er die Haselburg. Der König hatte die gesamte Ritterschaft des Landes zu einer Kreuzfahrt aufgerufen. Bis zur Rückkehr in die Heimat würden Monate, wenn nicht Jahre vergehen.

Vor der ersten Wegbiegung zügelte Ritter von Kuepach sein Pferd noch einmal und klappte den Mantelkragen hoch. Über Nacht hatte das Wetter umgeschlagen, es nieselte leicht, in den Bäumen nistete der Nebel. Als der Ritter einen letzten Blick auf sein Schloss zurückwarf, nickte er zufrieden. Die Kupferkugeln vor dem Tor sahen tatsächlich aus, als hätten sie schon immer dort gelegen. Ihm würde es nicht ergehen wie anderen Kreuzrittern. Ihm würde keiner das Ersparte aus der Schatztruhe stehlen, während er in der Fremde war. Auch der verwegenste Räuber würde nicht auf die Idee kommen, dass sich in den Kugeln ein Vermögen befand.

Die Monate verstrichen. Die Herrin der Haselburg stand immer öfter am Fenster. Wieso dauerte der Kreuzzug diesmal so lange? Wieso kam ihr Mann nicht endlich nach Hause? War ihm etwas zugestoßen?

Frau von Kuepach betete für ihn in der Schlosskapelle. Manchmal weinte sie auch.

Eines Tages klopften zwei Klosterbrüder an das Tor der Haselburg und baten um eine Spende. Die Dominikanerkirche von Bozen benötigte eine Glocke.

»Tut mir Leid«, bedauerte Frau von Kuepach. »Geld kann ich Euch keines geben. Aber wie wäre es mit den Kupferkugeln?«

Dabei musste sie an ihren Mann denken. Möglicherweise kam ihm ihre Spende zugute. Wer weiß, in welcher Not er sich befand. Vielleicht war er verwundet, vielleicht kämpfte er gerade in diesem Augenblick um sein Leben! Vielleicht hatte der liebe Gott ein Einsehen …

»Habt vielen Dank, das Kupfer können wir gut gebrauchen«, beteuerten die Klosterbrüder und hoben die Kugeln auf ihren Karren. Frau von Kuepach sah ihnen lange nach.

Nach ein paar Wochen kam ein Bote auf die Haselburg, den der Ritter von Kuepach geschickt hatte. Er ließ seiner Frau ausrichten, dass er in zwei Tagen heimkommen würde.

Die Herrin der Haselburg konnte diesen Augenblick kaum erwarten. Stundenlang hielt sie am Fenster Ausschau. Als ihr Mann endlich eintraf, lief sie ihm entgegen. Aber er nahm sie nicht in den Arm, und er küsste sie auch nicht auf den Mund. Stattdessen schrie er sie an und wollte wissen, wo die beiden Kupferkugeln hingekommen waren.

»Wieso macht Ihr Euch darüber Gedanken? Freut Ihr Euch denn gar nicht, mich wiederzusehen?«

Diese Frage brachte den Ritter nur noch mehr in Wut. Die Ader auf seiner Stirn schwoll an. »Sagt mir auf der Stelle, wo die Kupferkugeln sind! Unser ganzes Vermögen ist da drin!«

Frau von Kuepachs Hände fingen an zu zittern. »Da drin?«, hauchte sie. »Um Gottes Willen, die Kugeln habe ich für die Glocke der Dominikanerkirche gespendet.«

»Seid Ihr von Sinnen? Ihr habt alles hergeschenkt? Das darf doch nicht wahr sein!« Ritter von Kuepach packte seine Frau an den Haaren. Die mit ihrem weichen Herzen, der wollte er es zeigen! Er holte mit der Hand zum Schlag aus.

In diesem Augenblick begann im Turm der Dominikanerkirche die Glocke zu läuten. Ihr Klang war hell wie Gold und Silber. Völlig unerwartet ließ Ritter von Kuepach die Hand sinken. In seinem Gesicht tat sich etwas Sonderbares, ein Lächeln machte sich breit.

Dieses Lächeln ließ seine Frau wieder Mut fassen. Es gab ihr Zeit zum Erzählen: von der Angst um das Leben ihres Mannes; von dem täglichen Gebet in der Kapelle; von der Hoffnung, ihm mit der Spende beistehen zu können.

Plötzlich erinnerte sich Ritter von Kuepach wieder: Er war es doch gewesen, der seiner Frau von dem Schatz in den Kupferkugeln nichts gesagt hatte! Voller Reue fiel er vor ihr auf die Knie und bat sie um Verzeihung. Er beteuerte ihr, sie nie mehr unsanft behandeln zu wollen. Und er versprach ihr sogar, nie mehr auf einen Kreuzzug zu gehen.

Überhaupt war Ritter von Kuepach von dieser Stunde an wie verwandelt. Jedesmal, wenn die Glocke der Dominikanerkirche läutete, lobte er seine Frau dafür, dass sie den Klosterbrüdern die Kupferkugeln geschenkt hatte. Und er liebte sie ganz besonders wegen ihres weichen Herzens.

Pfeifer-Huisele

Huisele war schon in der Schule der Kleinste und Faulste von allen. Außerdem war er bei jedem Streich dabei. Er versteckte dem Lehrer die Brille, er strich ihm Leim auf den Stuhl, er legte ihm frischen Mist ins Klassenbuch. Bekam Huisele aber einmal eine schlechte Note, fluchte er so wüst, dass der Lehrer die Augen verdrehte und ihn aus der Klasse schickte.

Während die anderen Schulkinder dann Diktate schreiben und das Einmaleins auswendig heruntersagen mussten, streunte Huisele durch die Gegend. Dabei fiel ihm ständig neuer Unfug ein. Er ließ bei fremden Leuten dies und jenes mitgehen. Und er drehte den Hühnern der Nachbarn die Hälse um. Daraufhin gab es in Huiseles Elternhaus jedesmal einen Sonntagsbraten.

Sobald Huisele die Schulzeit hinter sich gebracht hatte, machte er sich auf Arbeitssuche. Das Leben auf dem Bergbauernhof seiner Eltern gefiel ihm nicht mehr, und die Schinderei auf den steilen Feldern hing ihm auch zum Hals heraus. Davon bekam er nur Blasen an den Händen und Schmerzen im Kreuz. Genau das wollte Huisele in Zukunft vermeiden, wenn möglich ein für allemal.

Nach einer Weile fand Huisele bei einem Bauern in Ratschings eine Stelle als zweiter Knecht. An einem Herbsttag zog er mit seinen Habseligkeiten bei seinem Arbeitgeber ein. Dabei rechnete Huisele zusammen: Landbauer – ebene Felder – einfache Arbeit – köstliches Essen – fetter Lohn. Wie schön das Leben doch sein konnte!

Spätestens nach zwei Wochen hatte Huisele begriffen, dass er sich verrechnet hatte. Gewaltig sogar. Die Arbeit bei dem Bauern war überhaupt nicht einfach und der Lohn war noch magerer als das Essen. Huisele hatte Blasen an den Händen, und das Kreuz tat ihm auch weh. Ein bisschen zumindest.

Dem Bauern war mittlerweile aufgefallen, wie faul sein zweiter Knecht war. Das gefiel ihm gar nicht. Beim Mistführen lud er Huisele so viel auf den Karren, dass der schon vom Hinsehen weiche Knie bekam.

Der Weg zur Wiese war lang, und Huisele kam ordentlich ins Schwitzen – trotz des kalten Wetters. Er fluchte leise vor sich hin, denn die Abenddämmerung kroch schon über die Felder.

Auf einem steilen Wegstück prallte ihm zu allem Übel der Karren mit dem Mist gegen einen Stein. Huisele schob und drückte, aber die Fuhre rührte sich nicht von der Stelle. Bald war es so dunkel geworden, dass Huisele kaum noch etwas sehen konnte.

»Bei Luzifer, dem Höllenfürsten, und allen seinen stinkenden Krampussen! Diesen elenden Karren soll doch der Teufel ziehen!«, schrie er und war außer sich. Mit einem Fußtritt warf er die Fuhre um und rannte davon. Dabei fluchte er so laut, dass die Vögel erschrocken aus den Berberitzenbüschen und Hagebuttenstauden flatterten.

Sollte sich doch jemand anderer um den Mist kümmern! Am besten der Bauer selbst. Der war viel größer und kräftiger als Huisele. Dann konnte er einmal sehen, wie gemütlich das Mistführen war!

Auf einmal aber blieb Huisele stehen. Was war das für ein seltsames Schnaufen, das vom Waldrand her auf ihn zukam? War das ein Wolf? Ein Bär vielleicht?

Huisele wollte sich gerade hinter einem Baum verstecken, da gab es neben ihm einen Knall. Funken stoben durch die Luft, Rauch stieg auf – vor Huisele stand ein rabenschwarzer Teufel. Er hatte entsetzlich lange Hörner auf dem Kopf, zwei Pferdefüße, ein struppiges Fell und eine Donnerstimme.

»Dein Fluchen ist Musik in meinen Ohren, Huisele. Dafür muss ich dich unbedingt belohnen.« Der Teufel schnipste einmal mit den Fingern, schon befanden er und Huisele sich in einer Höhle. Ein Lagerfeuer warf rotes Licht auf die Hörner und das Gesicht des Teufels.

Bevor Huisele begriffen hatte, was da vor sich ging, hatte der Teufel bereits ein zweites und drittes Mal mit den Fingern geschnipst. Ein gedeckter Tisch schwebte herbei, ein Rehbraten mit Zwiebelringen und Rotkraut setzte vor Huiseles Augen zur Landung an. Als Nachspeise gab es Krapfen mit Himbeerfülle und Schlehenlikör mit Zimtgeschmack.

Anfangs fürchtete sich Huisele vor den langen Hörnern und der Donnerstimme. Aber das Essen schmeckte so köstlich, dass er das wilde Aussehen des Teufels rasch vergaß. Um so mehr interessierte ihn die Frage, wie das mit dem Fingerschnipsen ging.

»Kann man das auch lernen? Ich meine das mit dem Essen-Herbeischaffen?«

»Bei meiner Großmutter und ihren drei goldenen Haaren! Deshalb bin ich doch zu dir gekommen. Ich bin der größte Zauberer und Hexer aller Zeiten, und ich sage dir, einen besseren Lehrmeister als mich wirst du nirgendwo finden!«

Der Teufel goss Schlehenlikör in Huiseles Glas, dann legte er ihm einen Vertrag vor.

Huisele las das Schriftstück und überlegte: Für zwei Stunden Zauberschule in der Woche soll ich dem Teufel meine Seele überlassen. Ist das nicht ein bisschen übertrieben? Aber wenn ich dafür mein Leben lang Rehbraten, süße Krapfen und Schlehenlikör haben kann …

Schon tunkte Huisele die Feder in ein Fass mit roter Tinte. Sie kratzte beim Unterschreiben fürchterlich.

Gleich darauf ging es mit dem Lernen los. Huisele übte mit dem Teufel zwei Stunden lang Fingerschnipsen. Danach konnte er Schleifen in die Schuhbänder hexen und einen leeren Teller durch die Luft schweben lassen. Für Huiseles Geschmack war das ein bisschen wenig, aber immerhin.

Als Huisele am nächsten Tag aufwachte, brummte ihm der Schädel von dem vielen Schlehenlikör. Zu seiner Verwunderung befand er sich nicht mehr in der Höhle des Teufels und auch nicht mehr in Ratschings, sondern in der Brennergegend. Und zwar genau vor der Haustür eines Bauernhofes.

»Da steckt bestimmt der Teufel dahinter«, murmelte Huisele, während er an die Tür klopfte. »Der wird sich dabei schon etwas gedacht haben.«

Huisele brauchte nicht lange herumzureden, und er hatte eine neue Stelle als Knecht. In den ersten Monaten arbeitete er mit solchem Schwung, dass er sich selbst fast nicht wieder erkannte. Jede Woche freute er sich auf die zwei Schulstunden beim Teufel. Huisele übte die gelernten Zauberstücke bei jeder Gelegenheit: Mit einem Fingerschnipsen beförderte er das Heu von der Scheune in den Stall. Und mit ein paar Sprüchen und Zeichen hexte er Feuer in den Herd.

Die Bauersleute waren mit Huisele sehr zufrieden. Seit er auf dem Hof war, ging die Arbeit voran wie nie zuvor.

Eines Morgens aber fragte der Bauer Huisele beim Frühstück: »Wie ist es möglich, dass so ein schmächtiger Kerl wie du so einen großen Magen hat? Du isst ja für drei!«

Huisele zog die Augenbrauen hoch. »Das ist doch nur gerecht«, gab er mit vollem Mund zurück, »schließlich arbeite ich auch für drei.«

Beim nächsten Frühstück war auf dem Mus fast kein Schmalz mehr, und die Suppe wurde von Tag zu Tag dünner. Außerdem beschwerten sich die Bauersleute bei Huisele darüber, wie teuer er ihnen angeblich in der Kost kam.

Huisele ärgerte sich maßlos. Jede Menge Arbeit und nichts Gescheites zu essen, das war zu viel!

Er begann sich von der Arbeit zu drücken, wo er nur konnte.

Er hexte das Heu nicht mehr von der Scheune in den Stall, er zauberte kein Feuer mehr in den Herd. Beim Heumähen im Sommer gähnte er öfter als er mit der Sense ausholte, und beim Melken schlief er manchmal sogar ein. Obendrein spielte er den Bauersleuten einen Streich nach dem anderen.

Es dauerte gar nicht lange, da wurde Huisele vom Hof gejagt.

Von diesem Tag an dachte er nicht mehr ans Arbeiten. Viel lieber vertrieb er sich die Zeit in den Wirtsstuben von Sterzing. Er steckte sich eine Vogelfeder an den Hut, damit die Gasthausbesucher ihn gleich als Hexer erkennen konnten. Für ein Mittagessen und ein paar Geldstücke unterhielt er sie stundenlang mit seinen Streichen und Zauberstücken. Schließlich musste Huisele von etwas leben; Dinge wie Essen und Geld konnte er nicht herbeihexen. Noch nicht.

Am liebsten mochten die Gasthausbesucher das Zauberstück mit dem Garn. Huisele zeigte es ihnen jeden Abend. Dabei verhexte er mit seinem Blick einen Gasthausbesucher, band ihn an einem Stück Garn fest und ließ ihn durch die Wirtsstube marschieren wie einen Soldaten. Die Zuschauer klatschten und waren begeistert.

Als der Verhexte dann auch noch Männchen machte und einen Kopfstand vollführte, vergaßen sie vor Staunen fast das Atmen.

Eines Abends führte Huisele einen reichen Bauern vor den Augen seiner Zechbrüder aufs Glatteis – aus Rache, weil der Reiche ihn wegen der Hexerei ausgelacht hatte. Huisele ließ sich seinen Ärger nicht anmerken, stattdessen lud er den Reichen ein, sich an seinen Tisch zu setzen.

Der Reiche hatte einen Bauernhof, der in den Wintermonaten im Schatten stand, weil eine Bergspitze die Sonne abhielt.

Huisele wusste das, und so erzählte er dem Reichen, dass er die Bergspitze für ihn abschneiden könne. Mit Hilfe seiner Zauberschere und natürlich gegen Geld.

Der Reiche war sofort einverstanden. Als er zu später Stunde betrunken aus dem Wirtshaus schwankte, brach an den Tischen ein Gelächter los. Huisele zahlte eine Runde nach der anderen, denn er hatte dem Reichen das ganze Geld aus der Tasche gezogen. Einmal für das Versprechen, den Berg abzuschneiden, und zum zweiten Mal für den Auftrag, den Berg doch so zu lassen, wie er war. Huisele hatte aber gar keine Zauberschere und hatte deshalb dem Reichen zu guter Letzt eingeredet, dass die Bergspitze beim Abschneiden aus Versehen auf den Hof stürzen könne.

Um bei den Gasthausbesuchern auch weiterhin im Mittelpunkt zu stehen, ließ sich Huisele laufend etwas Neues einfallen. Dem Teufel war das nur Recht. Er brachte Huisele bei, wie er sich unsichtbar machen konnte. Er zeigte ihm das Reden mit Donnerstimme. Er übte mit ihm, Essen und Geld herbeizuzaubern. Und weil Huisele damit noch lange nicht zufrieden war, lehrte er ihn die fürchterlichsten Hexereien, die er je einem Menschen beigebracht hatte.

Die Streiche und Zauberstücke, die Huisele in den Gasthäusern vorführte, wurden von Mal zu Mal boshafter. Um die Leute noch mehr zu beeindrucken, ritt er auf einem schwarzen Ziegenbock durch die Gegend.

Als Huisele sah, dass die Leute sich vor ihm fürchteten, fand er das ungeheuer lustig. Als aber seine Zechkumpane nach einer Weile anfingen, einen Bogen um ihn zu machen, wurde Huisele wütend. Er schwang sich auf seinen Ziegenbock und ritt davon.

In den Gasthäusern ließ er sich von nun an nicht mehr blicken. Dafür aber trieb er in den Bergen sein Unwesen. Wenn er schlechte Laune hatte, zauberte er ein Hagelwetter herbei. Und wenn er zornig war, ließ er Steinlawinen ins Tal rollen. Bald war Huisele so gefürchtet wie kein anderer Zauberer weit und breit.

Mit den Jahren aber wurde ihm das Leben in den Bergen doch zu langweilig. Da war nichts mehr, was Huisele vom Teufel noch hätte lernen können. Und außerdem, immer nur Zaubern und Leute erschrecken war auf Dauer auch fad. Aber an einen lustigen Abend im Gasthaus war nicht mehr zu denken. In den Dörfern durfte sich Huisele auch nicht mehr blicken lassen. Dort warteten schon die Gerichtsdiener auf ihn. Seine Untaten waren den Leuten zu viel geworden.

Deshalb verspürte Huisele eines Tages so etwas wie Reue. Er fing heimlich zu beten an. Im selben Augenblick aber gab es neben ihm einen Knall. Funken stoben durch die Luft, Rauch stieg auf, und vor Huisele stand – der Teufel.

»Dein Beten klingt gar nicht wie Musik in meinen Ohren!«, brüllte er mit seiner Donnerstimme, packte Huisele am Genick und schleppte ihn in die Hölle. Die Großmutter des Teufels, die mit den drei goldenen Haaren, hatte schon ein ordentliches Feuer gemacht und Huisele musste darin schmoren.

Ritter Prack

Morgennebel lag über dem Gadertal, als Ritter Prack mit seinen Knappen durch den Plaieswald galoppierte. Plötzlich tauchten vor dem Reitertrupp drei Pferdewagen auf. Sie waren mit Holzstämmen beladen.

»Kreist sie ein!«, kommandierte Ritter Prack. »Diesmal werden wir den Dieben die Suppe gründlich versalzen!«

Seine Männer zogen die Gewehre aus dem Schaft und gaben Warnschüsse ab. Die Holzdiebe stiegen mit erhobenen Händen von den Wagen. Sie zitterten wie Espenlaub, als sie vor Ritter Prack standen.

»Wenn ihr weiterhin widerrechtlich so viele Bäume fällt, gibt es im Gadertal bald keinen Wald mehr!«, brauste er auf. »Das sind die letzten Fuhren, die ihr nach Venedig schaffen sollt. Geht nach Freyegg und richtet das den Herren von Colz, diesem Lumpenpack, aus!«

Die Fuhrknechte ließen ihre Pferdewagen stehen und liefen mit eingezogenen Köpfen davon. Ein paar von ihnen fluchten.

Als sie im Wald verschwunden waren, ließ Ritter Prack seine Männer aufsitzen. »Haltet die Augen offen!«, schärfte er ihnen ein. »Und nehmt euch in Acht vor den Colzen. Die werden den Holzfrevel nicht so schnell aufgeben.«

In den darauf folgenden Wochen bekam Ritter Prack mehrere schriftliche Morddrohungen. Sie hinderten ihn nicht daran, weitere sieben Holzfuhren zu beschlagnahmen. Die Herren von Colz verfolgten ihn ein paar Mal mit den Pferden, aber keiner konnte sich im Reiten mit ihm und seinem Pferd Sturmwind messen. In ihrer Wut schossen sie auf ihn, sooft sie ihn vor die Büchse bekamen. Aber die Schüsse gingen weit daneben.

Eines Tages hatte Ritter Prack es satt, Zielscheibe für die Herren von Colz zu spielen. Er richtete sein Gewehr auf einen Sattelknopf, obwohl die Entfernung zu seinen Feinden sehr groß war. »Päng« machte es, das Pferd eines Colzen erschrak, warf die Vorderläufe in die Höhe, der Reiter fiel aus dem Sattel.

Als Ritter Prack auf Burg Asch bei Enneberg eintraf, liefen ihm seine Knappen entgegen. Sie kugelten sich vor Lachen, denn sie hatten sich in der Nähe der Herren von Colz aufgehalten, als der Schuss den Sattelknopf getroffen hatte.

»Der Jüngere ist mit dem Hinterteil in einem frischen Pferdeapfel gelandet. Und der Ältere hat dreingeschaut, als wäre er von einer Giftschlange gebissen worden«, erzählten sie. »Ihr solltet Euch von denen lieber eine Weile nicht mehr blicken lassen. Diesen Meisterschuss werden die Colzen Euch nie verzeihen.«

Ritter Prack stimmte seinen Männern zu; trotzdem nahm er ihren Rat nicht besonders ernst. Wozu auch? Worte wie Furcht und Angst kannte er nicht.

Ein paar Tage später brach er zur Feste Peutelstein in Ampezzo auf. Der Weg dorthin war gefährlich, aber Ritter Prack war nicht aufzuhalten. Er hatte seine Braut Sidonie seit Wochen nicht mehr gesehen.

Der Mond hatte die Berge in ein bleiches Licht getaucht, als Ritter Prack von seinem Besuch bei Sidonie heimwärts ritt. Das dumpfe Rauschen des Travenanzesbaches war schon zu hören, also konnte es bis zur Brücke nicht mehr weit sein. Danach wollte Ritter Prack seinem Pferd freien Lauf lassen, von dort aus fand Sturmwind den Rückweg allein.

Mit einem Mal riss Ritter Prack das Pferd an den Zügeln herum. »Zum Donnerwetter, was ist denn das?«

Dort, wo sich sonst die Brücke über die Schlucht des Travenanzesbaches spannte, gähnte ein schwarzer Abgrund. Wer waren die Verbrecher, die die Brücke abgerissen hatten? Die Herren von Colz? Ein paar Holzfrevler? Wem galt diese Untat überhaupt?

Die Zeit, die Ritter Prack zum Nachdenken blieb, war kurz wie ein Herzschlag. Hinter seinem Rücken gellten Befehle durch die Nacht, mindestens hundert bewaffnete Männer schritten auf ihn zu, allen voran die Herren von Colz.

»Hier ist Euer Weg zu Ende, Franz Wilhelm von Prack zu Asch!«, höhnten sie.

»Das könnte euch so passen, ihr Strohköpfe!«, erwiderte Ritter Prack. Er schnalzte zweimal mit der Zunge, Sturmwind sprang nach vorne wie eine Feder. In wildem Galopp jagte das Pferd auf die Schlucht zu. Einer der Herren von Colz höhnte: »Springt nur, das ist Euer sicheres Ende!«

Ritter Prack hörte ihn nicht. Er hörte nur das Rauschen des Travenanzesbaches. Es dröhnte in seinen Ohren wie ein Trommelwirbel. Die gegenüberliegende Seite der Schlucht kam so langsam auf ihn zu, als hätte jemand die Zeit angehalten. Oder als ob sie tröpfchenweise an ihm vorbeifließen würde. War das wirklich Ritter Pracks Ende?

Die Vorderfüße seines Pferdes erreichten die andere Seite der Schlucht, die Hinterläufe aber blieben im Abgrund hängen. Sturmwind wieherte kläglich, Steine rieselten in die Tiefe.

Ritter Prack handelte blitzschnell. Er sprang vom Sattel aus auf sicheren Boden, klammerte sich mit aller Kraft an den Hals des Pferdes und zerrte es aus der Schlucht. In letzter Sekunde konnte er es vor den Pfeilen und Speeren der Feinde in Sicherheit bringen. Die Flüche und Verwünschungen, die die Herren von Colz ihm zuriefen, kümmerten ihn nicht. Zärtlich strich er Sturmwind über die Nüstern. »Ruhig, Pferdchen, ruhig«, flüsterte er ihm ins Ohr. »Wenn wir beide zusammen sind, kann gar nichts schief gehen.«

Dann fiel Ritter Prack vor ihm auf die Knie. Zum Dank dafür, dass Sturmwind ihm das Leben gerettet hatte, küsste er ihm die Hufe.

Die Saligen helfen der alten Salome

Es war um die Mittagszeit, als Salome durch die Ortschaft Reschen humpelte. Die Julihitze ließ die Luft flimmern, am Wegrand zirpten Grillen und Heuschrecken, die Straßen waren menschenleer.

Salome setzte sich auf den Rand eines Brunnens. Sie kramte in ihrer Tasche, dann rieb sie sich mit der Hand die faltige Stirn. Wem hatte sie die getrockneten Lindenblüten versprochen? Der Frau vom Mesner oder der Frau vom Sattler? Und wer hatte die Baldrianwurzeln und den Huflattich bei ihr bestellt? Die Hebamme? Oder war es die junge Weberin?

»Jaja, so ist das mit dem Altwerden«, seufzte Salome. »Der Kopf will nicht mehr so recht, und die Gedanken beschäftigen sich lieber mit der Ewigkeit als mit dieser Welt!«

Sie beschloss, zuerst zur jungen Weberin zu gehen. Ihr Haus stand ganz in der Nähe. Nach etlichen Schritten aber wurde Salome schwindlig. Sie musste sich mit beiden Händen an einer Hausmauer stützen, um nicht hinzufallen. Das passierte ihr schon zum zweiten Mal an diesem Tag. Sie dachte, das kommt bestimmt von der Hitze. Es wäre wohl gescheiter, sich auf den Heimweg zu machen. Das Kräuteraustragen müsste sie eben ein anderes Mal besorgen.

Der Weg zur Waldhütte oberhalb Cumpatsch zog sich in die Länge. Salome schleppte sich von einer Rast zur anderen. Daheim langte sie nach den Herztropfen, aber ihre Hände zitterten so sehr, dass sie alles verschüttete.

Verzweifelt sank sie auf einen Stuhl. Ihr Brustkorb war wie zugeschnürt, und die Arme hingen an ihr herunter wie welke Blätter.

Während Salome so dasaß, ging ihr durch den Kopf, wie vielen Menschen sie mit ihren Kräutern und Medizinen schon geholfen hatte. Ihre Hütte stand für jeden offen, trotzdem war sie für die Bewohner der Dörfer eine Fremde geblieben. Eine Eigenbrötlerin, die man lieber vor der Tür stehen ließ, als sie ins Haus zu bitten. Für Salome hatte nie jemand Zeit. Auch jetzt nicht.

Das Atmen fiel ihr immer schwerer, da wurde sie auf ein Klopfen aufmerksam. Vor dem Fenster der Waldhütte saßen drei weiße Tauben und pickten mit den Schnäbeln an die Scheiben. Nur mit Mühe gelang es Salome, die Tür zu öffnen. Draußen waren nicht mehr die Tauben, sondern drei Frauen. Sie waren ganz in Weiß gekleidet, und ihre Gesichter sahen aus wie pfirsichfarbener Samt. »Wie schön, dass wenigstens ihr Saligen an mich denkt«, freute sich Salome. »Ich habe schon befürchtet, alle hätten mich vergessen.«

Sie wurde von den drei Frauen ins Bett gehoben. Sie bekam von ihnen kräftige Brühen, und ihre Brust wurde mit Salben eingerieben. Die Saligen streichelten über ihre müden Hände.

Gegen Abend wurde Salome unruhig. Sie flehte die drei Frauen an, ihr aus dem Bett zu helfen. Eine Bäuerin aus Cumpatsch war ihr in den Sinn gekommen. Sie hatte am Morgen nach ihr rufen lassen, weil ihr Kind seit einigen Tagen Fieber hatte. Auf dem Heimweg von Reschen nach Cumpatsch hatte Salome nicht mehr die Kraft gehabt, um bei ihr einzukehren.

»Ach ja, die Kräuter in meiner Tasche sind auch noch auszutragen!«, rief sie. »Leider habe ich vergessen, wem sie gehören. Die Leute warten darauf!«

Die drei Frauen konnten Salome beruhigen. »Das übernehmen wir für dich. Morgen wird eine von uns losgehen. Die Leute werden uns schon sagen, was sie bei dir bestellt haben.«

Salome war froh darüber, aber an Schlaf war in dieser Nacht trotzdem nicht zu denken. Immer wieder fiel ihr etwas ein, das noch zu erledigen wäre. Die Zinnkrauttinktur für einen Nierenkranken musste durchgeschüttelt werden, und der Kräuterbitter musste abgeseiht und in Flaschen gefüllt werden.

Die Saligen arbeiteten flink. Im Morgengrauen brach eine von ihnen nach Cumpatsch und Reschen auf. Sie brachte dem Kind der Bäuerin einen Saft gegen das Fieber, danach ging sie zur Mesnerin, zur Sattlerin, zur Hebamme, zur jungen Weberin und zu dem Nierenkranken. Sie richtete ihnen aus, dass Salome nicht mehr kommen konnte.

Als Salome von der Saligen erfuhr, wie froh die Leute über die Kräuter und Medizinen gewesen waren, fiel ihr ein Stein vom Herzen. Sie sagte: »Jetzt ist die Arbeit getan, die ich auf dieser Welt zu verrichten hatte. Nun kann ich in Frieden sterben.«

Am Abend ließ sie sich von den Saligen vor das Haus tragen. Sie behauptete: »Wenn ich in den Sonnenuntergang schauen kann, fällt mir das Fortgehen leichter.«

Und so kam es auch. Kaum war die Sonne hinter den Bergen versunken, da schloss Salome die Augen. In ihrem Gesicht spiegelte sich das Abendrot, und auf ihrem Mund ruhte ein Lächeln.

Am Morgen brachten die drei Frauen sie in die Hütte zurück. Sie betteten Salome auf weiße Tücher, zündeten Kerzen an und schmückten das Totenbett mit frischen Blumen. Sie weinten um die Verstorbene wie um eine Mutter.

Am nächsten Tag baten sie einen Holzfäller, dem Seelsorger von Reschen eine Nachricht zu bringen. Auf dem Zettel stand in zierlichen Buchstaben geschrieben: *»Die alte Salome ist gestorben. Ihr letzter Wunsch war ein Begräbnis und eine Grabstätte auf dem Friedhof von Reschen.«*

Der Seelsorger kam diesem Wunsch nach. Er ließ den Mesner die Totenglocke läuten, und am Tag der Beerdigung wurde Salome auf einer Bahre nach Reschen getragen. Der Leichenzug, der sie begleitete, war lang.

Die drei saligen Frauen aber waren nicht dabei. Sie waren in die Berge zurückgekehrt und beobachteten das Geschehen von einem Felsvorsprung aus.

Sie freuten sich sehr darüber, dass sich diesmal so viele Menschen für Salome Zeit genommen hatten.

Der Schatz auf dem Tobel

Die Dienstmagd blinzelte verschlafen, dann warf sie mit einem Ruck die Bettdecke zurück. Als sie am Fenster stand, zog sich das Herz in ihrer Brust zusammen; ein Schrei gellte durch das Haus: »Feuer! In der Ruine auf dem Tobel ist Feuer!«

Beim Mair in der Aue sprangen die Leute aus den Betten. Mit fahrigen Bewegungen schlüpften sie in die Kleider. Sie nahmen sich nicht einmal die Zeit, sie ordentlich zuzuknöpfen. Der Wind trieb die Funken von der Ruine aus in den Wald. Wenn es dort zu brennen anfing –, nicht auszudenken!

Die Männer griffen nach Schaufeln und Spaten, die Frauen tunkten Lumpen und alte Säcke in den Brunnentrog. Damit hasteten sie zum Brandort. Als sie dort ankamen, schüttelten sie die Köpfe. Wohin sie auch blickten, sie fanden nicht ein Stückchen Glut. Weder ein Strauch noch ein Grasschopf war angesengt. Wo war das Feuer geblieben, das eben in der Schlossruine gewütet hatte?

Ein paar Wochen später brannte es zum zweiten Mal in der Ruine. Diesmal ließen sich die Leute vom Mair in der Aue nicht täuschen, sondern warteten ab, bis sich das Feuer von alleine gelegt hatte. Sie bekreuzigten sich mit Weihwasser und flüsterten hinter vorgehaltener Hand: »Wer weiß, was in dem alten Gemäuer so vorgeht?«

Von dieser Zeit an geschahen um den Tobel herum seltsame Dinge. Einmal ließ ein Hirte seine Schafe in der Nähe der Schlossruine weiden. Die Tiere liefen in ein Feld, in dem das Gras hoch stand. »Heraus da, ihr Viecher«, schimpfte der Hirte, »sonst kriege ich vom Bauern eins hinter die Ohren! Das ist das Heu für den Winter.«

Er wollte schon hinter den Schafen herlaufen, da sah er am Wegrand einen Kessel voller Gold stehen. Es glitzerte und blinkte in der Sonne. Als er den Kessel forttragen wollte, kam ihm der Bauer in den Sinn. Mit dem war nicht zu scherzen.

Dem Hirten blieb nichts anderes übrig, als den Kessel wieder zurückzustellen und die Schafe mit Pfiffen aus dem Feld zu treiben. Als er zu der Stelle zurückkam, wo er den Schatz gesehen hatte, war sein Jammer groß. Der Kessel mit dem Gold war weg, wie vom Erdboden verschluckt.

Ähnlich wie dem Hirten erging es einer Frau. Auf dem Heimweg sah sie im Gebüsch einen Korb mit Haselnüssen. Sie waren besonders groß und schön gewachsen. Die Frau hätte sie gerne ihren Kindern mitgebracht, hatte aber bereits so viele Sachen zu tragen, dass sie den Korb zurücklassen musste. Damit die Kinder nicht ganz leer ausgingen, steckte sie eine Hand voll Haselnüsse in die Schürzentasche. Als sie die Nüsse daheim auf den Tisch legte, musste sie zweimal hinsehen, um ihren Augen trauen zu können: Die Haselnüsse waren tatsächlich zu Gold geworden.

Die Frau machte auf der Stelle kehrt und lief zu dem Gebüsch zurück, in welchem der Korb gestanden hatte. Aber auch sie hatte kein Glück, der Schatz war schon wieder verschwunden.

Ein paar Tage später lockte er zwei Buben an. Diesmal war so viel Gold in dem Kessel, dass die Kraft der beiden nicht ausreichte, um ihn fortzutragen. Die Buben liefen nach Hause, um ihre Eltern zu holen. Aber diese Mühe hätten sie sich sparen können. Als sie mit den Eltern wiederkamen, hatte sich das Gold in Luft aufgelöst.

Die Geschichten von dem Schatz auf dem Tobel gingen im Reintal bald von Mund zu Mund. Die Frauen erzählten sie am Waschtag weiter, und die Männer redeten beim Kartenspiel von nichts anderem. Alle zerbrachen sich die Köpfe darüber, wie sie an den Schatz kommen konnten.

Eines Nachts sahen vier Burschen Feuer auf dem Tobel. Hans zwickte seinen Freunden in die Rippen. »Das ist der Schatz! Wir müssen uns beeilen, dann kriegen wir ihn!«

Seine Freunde sahen sich der Reihe nach an. »Was sagst du dazu?«, wollte Klaus von Florian wissen. »Ich weiß nicht so recht. Und du?«, fragte Florian den Jockl.

Der zuckte mit den Schultern. Ihm war gerade eingefallen, dass er schon längst zu Hause sein müsste.

»Schöne Freunde habe ich!«, ärgerte sich Hans. Mit diesen Worten lief er in die Dunkelheit hinaus. Klaus, Florian und Jockl riefen ihm nach: »Kehr um! Lass das bleiben! Auf der Ruine spukt es!«

Hans dachte nicht daran umzukehren, stattdessen jagte er den Weg zum Tobel entlang. Seine Lunge stach, aber er biss die Zähne zusammen. »Durchhalten, Hans!«, spornte er sich selber an. »Derjenige, der sich traut, den Schatz zu heben, hat für alle Zeiten ausgesorgt!« Je näher Hans der Schlossruine kam, desto heller leuchtete das Feuer. Nur noch ein paar Meter, nur noch ein bisschen Mut, dann war Hans steinreich!

Mit einem Mal hielt er im Laufen inne. Was war das für ein schwarzer Schatten auf dem Weg? Wem gehörten diese gelbgrünen Augen? Und dieses furchtbare Knurren, woher kam das?

In Hans' Kopf wirbelten die Gedanken durcheinander. Sollte er um den Schatten herumgehen oder sollte er umkehren? War das der Spuk, vor dem die Freunde ihn gewarnt hatten?

Hans machte einen Schritt nach vorn. Im selben Augenblick wurde aus dem Knurren ein Grollen. Das Gelbgrün der Augen verwandelte sich in grelles Licht. Es bohrte sich in Hans hinein; das Feuer in der Ruine prasselte und krachte.

Hans ging wie von selbst rückwärts. Einen Schritt, zwei Schritte, dann riss er seinen Oberkörper herum. Er stürmte nach Hause, so schnell ihn die Beine tragen konnten.

Auch diese Geschichte ging im Reintal von Mund zu Mund. Danach zerbrach sich dort kein Mensch mehr den Kopf darüber, wie der Schatz vom Tobel zu heben war. Die Frauen unterhielten sich am Waschtag wieder über dieses und jenes, und auch die Männer redeten beim Kartenspiel lieber wieder vom Wetter und so.

Der Riese Ortler

Vor vielen Jahren lebte in den Tälern des Obervinschgaus ein Zwergenvolk. Weil es dort aber auch Riesen gab, hatten es die Zwerge gar nicht leicht.

Nieste ein Riese, so mussten sich die Zwerge an den Bäumen festhalten, um nicht fortgeblasen zu werden. Spazierte ein Riese durch den Wald, dann mussten die Zwerge um ihr Leben rennen. Die Riesen zertraten alles, was sich ihnen in den Weg stellte.

Die Kinder der Riesen waren auch nicht besser. Wenn sie mit den Felsbrocken Ball spielten, wackelte in den Höhlen der Zwerge der Fußboden. Fiel der Ball zu Boden, dann bröckelten in den Höhlen der Zwerge Steine von der Decke.

Eines der Riesenkinder hieß Ortler. Er war der Größte von allen und gewann deshalb jedes Ballspiel und jeden Wettlauf.

Mit der Zeit stieg Ortler der Hochmut zu Kopf. Er fing an, seine Freunde auszulachen. Er sagte bei jeder Gelegenheit »Ätsch, bist du blöd!« und »Natürlich, so dumm kannst auch nur du sein!«. Daraufhin gab es Streit, dass die Fetzen flogen. Nicht selten blutete eine Nase.

Die erwachsenen Riesen hatten von den Streitereien ihrer Kinder bald genug, deshalb nahmen sie Ortler mit auf die Jagd. Sie brachten ihm das Fallenstellen und Speerwerfen bei. In kürzester Zeit war er der beste Jäger von allen, und sein altes Spiel ging von vorn los. Einmal fing er einen Bären, den die anderen Riesen in eine Falle gelockt hatten. Ortler schleppte das erlegte Tier schnurstracks in seine Höhle. Die Freunde bekamen nicht ein einziges Stück Fleisch davon ab, stattdessen machte er sich über sie lustig und rief: »Kann ich etwas dafür, wenn ihr so lahme Schnecken seid?«

Ein anderes Mal schnappte er den Riesen einen Auerochsen vor der Nase weg. Er packte ihn bei den Hörnern und schleifte ihn mit sich fort. Seine Freunde gingen wieder leer aus. Obendrein nannte Ortler sie Dummköpfe und Feiglinge.

Die Riesen ließen sich das nicht lange gefallen. Sie hatten keine Lust mehr, mit Ortler auf die Jagd zu gehen, und so wartete er in der Früh umsonst vor ihren Höhlen. Die Riesen hatten sich die Finger in die Ohren gestopft und schliefen einfach weiter. Einer von ihnen brüllte: »Hau ab, du Großmaul!«

Ortler blieb nichts anderes übrig, als alleine loszuziehen, sein Magen knurrte schon seit Stunden. In seiner Wut brach er Steine von den Felswänden und schleuderte sie weit um sich. Die Zwergenfrauen, die in der Nähe nach Beeren suchten, sprangen mit spitzen Schreien in ihre Höhlen. Um ein Haar wären sie von den Steinen erschlagen worden.

So ging das nun jeden Morgen. Die Zwerge trauten sich nur mehr bei Nacht aus den Höhlen und berieten sich am Lagerfeuer. Aber was konnten so kleine Leute wie sie gegen diesen Riesen schon ausrichten? Wie sollten sie ihn dazu bringen, mit dem Steinewerfen aufzuhören?

»Das ist es!«, rief plötzlich ein uralter Zwerg. »Ich weiß einen, der uns helfen kann!«

Noch in derselben Nacht eilte er in das Dorf Stilfs. Der, den er suchte, hieß Nudelhopf.

Nudelhopf ließ sich nicht lange bitten, sondern schlüpfte in seine rote Hose und in sein grünes Jäcklein. Im Gehen hüpfte er von einem Bein auf das andere und kicherte immerzu: »Hochmütiger Riesenprotz, rotznäsiger Ortlerklotz.«

Als Nudelhopf bei den Zwergen angelangt war, wies er sie an, sich in den Höhlen zu verstecken. Dann wartete er in Seelenruhe auf den Riesen.

Nach Sonnenaufgang war es so weit, Ortler polterte wieder durch das Gebirge. Er setzte sich auf eine Felswand, seine Beine baumelten in der Luft. »Saubere Freunde habe ich!«, schimpfte er und warf wieder Steine in die Tiefe.

Nudelhopf passte auf, dass er von keinem Stein getroffen wurde und kraxelte die Felswand hinauf. Er hatte nicht einmal die Zeit, sich den Schweiß von der Stirn zu wischen. Wenn er den Ortler kriegen wollte, musste er schnell sein.

Die Zehen des Riesen zappelten und zuckten, während Nudelhopf durch die löchrige Hose zu Ortlers Knie kroch. Als Nudelhopf vom Nacken aus zu Ortlers Ohrläppchen krabbelte, spürte das der Riese und musste sich kratzen. Nudelhopf rettete sich auf Ortlers Kopf und fing dort an herumzutanzen. Er juchzte:

»Ach, Riese Ortler, wie bist du noch klein,
kleiner als das putzige Nörggelein.
Du bist gewachsen so viel tausend Jahr,
streckst deine Nase in den Himmel gar.
Was nützt dir das, was nützt dir das?
Der Stilfser Zwerg, der Nudelhopf
ist größer doch, ist größer doch
heroben da auf deinem Kopf!«

Der Riese knirschte mit den Zähnen. Dieser Winzling von einem Zwerg! Gleich würde er ihn zerdrücken wie eine Haarlaus. Schon wollte Ortler mit der Hand ausholen, aber sie bewegte sich nicht von der Stelle. Ortler wollte aufspringen, um den Zwerg abzuschütteln, aber seine Füße waren auf einmal schwer wie Blei. Und was war das für ein eisiges Knacken, das sich von seinem Rumpf zur Brust hinaufschob?

Nudelhopf kicherte: »Das hast du nun davon, hochmütiger Riesenprotz, rotznäsiger Ortlerklotz!«

Er kletterte flink ins Tal, wo die Zwerge schon auf ihn warteten. Sie sahen mit Nudelhopf zur Felswand und klatschten in die Hände. – Ortler rührte sich nicht mehr. Er war zu Stein geworden. Von ihm hatten die Zwerge nichts mehr zu befürchten.

So wie damals sitzt der Riese auch heute noch da. Der gewaltige Felsbrocken überragt alle Berge des Obervinschgaus und trägt nach wie vor den Namen Ortler.

Jutta von Braunsberg

Im Hof von Schloss Braunsberg ging es laut zu. Ritter von Braunsberg rief: »In einer halben Stunde treffen die Edelleute aus dem Burggrafenamt ein. Bis dahin müssen wir alles für die Abreise vorbereitet haben!«

Der Vogt trieb die Knappen und Knechte an: »Los, Beeilung, die Rüstungen gehören auf die Packpferde!«

Jutta von Braunsberg öffnete das Fenster des Musikzimmers. Kühle Luft schlug ihr entgegen, durch das Morgenlicht segelten winzige Schneeflocken. Als Jutta ihren Mann über den Hof gehen sah, nickte sie zu ihm hinunter. Sie seufzte leise: »Schrecklich, diese Kreuzzüge. Wenn dieses Schlachten im Morgenland nur bald aufhören würde.«

Jutta streckte die Hand aus dem Fenster, ein paar Schneeflocken schmolzen auf ihrer Haut. Würde es ihrem Mann im Morgenland genauso ergehen? Würde sein Leben auf dem Schlachtfeld dahinschmelzen wie diese Schneeflocken?

Wie oft hatte Jutta ihn angefleht, sich an diesem Kreuzzug nicht zu beteiligen, zehnmal, zwanzigmal? Was war jetzt mit der ewigen Treue, die Ritter von Braunsberg ihr bei der Hochzeit geschworen hatte? Galt das alles nicht mehr, wenn der König seine Männer in den Krieg schickte? Waren einem Mann Kampf und Ehre mehr wert als das Leben an der Seite einer Frau?

Das Klirren von Metall unterbrach Juttas Gedanken. Einem Knappen waren im Schlosshof zwei Schwerter zu Boden gefallen. Er beeilte sich mit dem Aufheben, aber der Vogt tobte trotzdem: »Ungeschickter Lümmel! Das nächste Mal kriegst du die Peitsche zu spüren!«

Sein Gebrüll ließ Jutta frösteln. In ein paar Stunden würde ihr Mann fortreiten, und danach lag die Verantwortung für das Schloss in den Händen des Vogts. Warum hatte Ritter von Braunsberg ausgerechnet ihn damit beauftragt? Hatte er die Blicke, mit denen der Vogt sie ansah, etwa nicht bemerkt?

Jutta saß über einer Stickerei, als sich auf dem Flur Schritte näherten. Die Stimme ihres Mannes ließ sie aufhorchen.

»Lasst sie nicht aus den Augen, während ich fort bin. Bei meiner Rückkehr will ich keine Überraschungen erleben.«

Die Stimme des Vogts erwiderte: »Ihr könnt ganz beruhigt sein, Herr. Bei meiner Ehre, ich verbürge mich dafür.«

Juttas Gesicht wurde schmal. Wen sollte der Vogt nicht aus den Augen lassen? Hatte ihr Mann womöglich sie damit gemeint? Dachte er etwa, sie würde ihn betrügen, während er in der Fremde war?

Als Ritter von Braunsberg das Musikzimmer betrat, suchte Jutta verzweifelt nach Worten. Sie knöpfte seinen Reisemantel zu, sie strich mit den Fingern den Schnee aus seinem Haar. Als er ihr Kinn nach oben schob, versuchte sie sogar ein wenig zu lächeln.

»Macht Euch doch nicht solche Sorgen! Ich komme bald wieder zurück, schließlich ist das nicht mein erster Kreuzzug.«

»Ach, Liebster, könnt Ihr nicht …«, fing Jutta nun doch an, aber das Klopfen an der Tür unterbrach sie. Der Vogt trat ein, sein Tonfall war klebrig wie Honig: »Mein Herr, die Adeligen aus dem Burggrafenamt sind eingetroffen. Und der Schmied lässt Euch ausrichten, dass die neuen Hellebarden fertig sind. Ihr müsst sie unbedingt mitnehmen. Ich könnte es mir nie verzeihen, Euch zu wenig Waffen mit auf den Weg gegeben zu haben.«

Ritter von Braunsberg nickte. Der warme Gesichtsausdruck, mit dem er Jutta vorhin angesehen hatte, war wie weggewischt. Er küsste flüchtig ihre Wangen, dann eilte er dem Vogt hinterher. Die Tür des Musikzimmers fiel zu.

Ein paar Augenblicke später trabten im Schlosshof die Pferde an. Jutta winkte ihrem Mann vom Fenster aus nach, aber er bemerkte es nicht. Die Tore schlossen sich hinter ihm, ohne dass er sich noch einmal nach ihr umdrehte.

Das Schneegestöber hatte die Spuren der Kreuzritter noch nicht verwischt, da stand schon der Vogt im Musikzimmer. Während Jutta am Ofen stickte, strich er um sie herum wie ein Kater. Wenn sie einen Spaziergang machen wollte, bewachte er sie wie eine Gefangene. In der Nacht stand er vor ihrer Kammertür: »Lasst mich doch zu Euch, dann seid Ihr nicht so allein. Ihr werdet meinen Trost brauchen, denn von dieser Schlacht wird niemand zurückkehren. Auch Euer Gemahl nicht.«

Jutta hörte nicht auf den Vogt. In der darauf folgenden Zeit ging sie ihm aus dem Weg, wo sie nur konnte. Als er an einem Frühlingstag zur Jagd aufgebrochen war, jubelte Jutta vor Freude. Sie ließ den Stallburschen ihr Pferd satteln. Sie war seit Wochen nicht mehr aus dem Schloss gekommen.

Jutta ritt zu einer Waldlichtung, die Wiese dort war ihr Lieblingsplatz. Die Sonne schien hell, die Schwalben zirrten in der Luft, die Nadelbäume trugen hellgrüne Spitzen.

Jutta pflückte einen Strauß Vergissmeinnicht, dann entdeckte sie am Bach ein paar Margeriten. Sie bückte sich danach, da ließ eine Männerstimme sie in ihrer Bewegung erstarren.

»Da seid Ihr ja, meine Süße!«, säuselte der Vogt. »Wie schön, dass Ihr endlich Zeit für mich habt.«

Er hatte bereits seine Arme um sie geschlungen. Er küsste ihre Schultern, ihre Wangen, ihren Hals.

»Bleibt mir vom Leib! Lasst mich los! Auf der Stelle!«

Der Vogt lachte heiser: »Wehrt Euch nur, mein Täubchen. Das habe ich besonders gern!« Er presste seinen Körper an den ihren. Er riss sie zu Boden, sein Atem ging schwer.

Endlich bekam Jutta ihr Jagdmesser zu greifen. Sie trug es bei sich, seit der Vogt auf dem Schloss war. Ihre Finger umklammerten den Griff, die Klinge zeigte auf die Halsgrube des Vogts. »Jetzt habe ich genug von Euch, Heuchler. Geht mir aus den Augen und versucht Euch nicht mehr an mich heranzumachen. Beim nächsten Mal seid Ihr tot!«

»Schon gut. Beruhigt Euch wieder. Das war doch nicht so gemeint«, quetschte der Vogt zwischen den Zähnen hervor.

Jutta ließ das Messer erst sinken, als er im Wald verschwunden war. Sie zitterte am ganzen Leib, ihr Kleid war zerrissen, der Vergissmeinnichtstrauß lag im Gras. Die hellblauen Blüten waren zerdrückt und sahen aus wie verwischte Farbe.

Nach dem Überfall auf der Waldlichtung hörte der Vogt auf, Jutta nachzustellen. Er klopfte nicht mehr an ihre Kam-

mertür und kam auch nicht mehr in das Musikzimmer. Als er ihr einmal im Schlosshof über den Weg lief, zischelte er: »Dreckiges Frauenzimmer, das werdet Ihr mir büßen!«

Jutta wusste, dass die Drohung ernst gemeint war.

Monate später kehrte Ritter von Braunsberg von dem Kreuzzug heim. Jutta beobachtete vom Fenster aus, wie der Vogt ihn im Schlosshof abfing. Ein paar Augenblicke später polterte ihr Mann in das Musikzimmer. Sein Gesicht war verzerrt, er spuckte vor Jutta aus: »Sündhaftes Weib, Ehebrecherin! Ihr habt mich betrogen! Dafür sollt Ihr im Gefängnis vermodern, bis Ihr alt und hässlich seid!« Im selben Atemzug rief er nach den Wachen.

Jutta legte die Stickarbeit zur Seite. Ihr Rücken straffte sich, sie hatte die Vorwürfe ihres Mannes schon erwartet. »Wie leichtgläubig Ihr doch seid«, sagte sie mit festem Ton. »Was macht Euch so sicher, dass der Vogt die Wahrheit gesagt hat? Habt Ihr zu ihm mehr Vertrauen als zu Eurer eigenen Frau?«

Juttas Worte brachten Ritter von Braunsberg endgültig aus der Fassung. »Schafft sie endlich weg!«, befahl er den Wachen.

Die Schritte der Wachen ließen den Fußboden erzittern.

Jutta war inzwischen aufgesprungen. Sie fuhr die Männer an: »Mir nimmt niemand die Freiheit, ich habe nichts Unrechtes getan!« Sie stieß die Tür zum Nebenzimmer auf, von dort aus gelangte sie in einen Turm. Als die Wachen sie erreichten, stand sie bereits auf einem Fenstersims. Ihr Stoßgebet hallte im Gemäuer des Schlosses wider.

Der Sprung riss Juttas Körper in die Tiefe, ein Sturm verdunkelte ihr Bewusstsein. Jutta spürte nicht mehr, wie das Wasser des Falschauerbaches über ihr zusammenschlug. Sie spürte auch die Wellen nicht, die sie ans Ufer trugen. Sie lag im Sand wie ein herabgefallenes Blatt, bis das Rauschen des Wassers sie weckte.

Jutta bewegte vorsichtig ihre Arme und Beine. Sie konnte es kaum glauben, nichts war gebrochen, nirgends war ein Kratzer oder eine Abschürfung. Langsam kehrten in ihrem Kopf die Bilder wieder: der Vogt, der ihr im Schlosshof Rache geschworen hatte; das wutentbrannte Gesicht ihres Mannes im Musikzimmer; die Wachen, die ihr bis in den Turm nachgelaufen waren. Was hatte Jutta gerufen, bevor sie aus dem Fenster gesprungen war? Heiliger Himmel, steh mir bei? Oder heiliger Himmel, hilf mir? Konnte es sein, dass ihr Gebet erhört worden war?

Nach einer Weile hörte Jutta vom Schlossturm her Rufe. Ritter von Braunsberg schien begriffen zu haben, dass sie noch lebte. Er schlug die Hände über dem Kopf zusammen, die Wachen zeigten mit den Fingern in die Schlucht.

»Ja, Ihr seht schon richtig. Ich lebe noch!«, rief Jutta ihrem Mann zu. »Offensichtlich muss schon der Himmel eingreifen, bevor Ihr mir die Wahrheit glaubt!«

Voller Zorn kletterte sie aus der Schlucht. Als sie den Rand des Abgrunds erreicht hatte, kam ihr Ritter von Braunsberg entgegen. Er rief von weitem: »Mein Gott, Jutta! Wie konnte ich nur so an Euch zweifeln?« Er warf sich vor ihre Füße und presste die Hände vor sein Gesicht. »Verzeiht mir, bitte! Ich war wie von Sinnen vor Eifersucht.«

Seine breiten Schultern waren eingesunken, und in seinem Gesicht war eine Verzweiflung, die Jutta noch nie an ihm gesehen hatte.

Dieser Anblick ließ ihren Zorn schrumpfen. Aber konnte sie diesem Mann noch einmal vertrauen? Konnte sie überhaupt noch irgendjemandem auf dieser Welt Vertrauen schenken?

Jutta schloss die Augen, ihr Blick schaute ins Nichts.

»Ich weiß nicht, ob ich Euch verzeihen kann«, kam es leise über ihre Lippen. »Im Augenblick weiß ich überhaupt nichts.« Sie stand noch eine Zeit lang so da, dann lief sie zum Schloss. Die Wachen, die überall herumstanden, sahen ihr mit erstaunten Blicken nach.

Als Jutta später mit ihrem Pferd durch den Torbogen ritt, ließen Schreie sie aufhorchen. Die Wachen riefen: »Bleibt stehen, Vogt! Wir kriegen Euch doch!«

Der Vogt blieb aber nicht stehen. Er lief am Rand der Schlucht entlang, bis die Verfolger ihn eingeholt hatten. Er machte einen Schritt rückwärts, ruderte mit den Armen, stieß einen Schrei aus, kippte nach hinten.

Jutta sah nicht, wie er in den Abgrund stürzte. Sie sah auch nicht, wie die Wassermassen der Falschauer seinen Leichnam erfassten. Sie legte die Stirn auf den Hals des Pferdes und wollte niemanden mehr sehen. In ihrem Inneren war alles durcheinander geraten, nichts stand mehr an seinem Platz.

Auf der Wiese bei der Waldlichtung setzte sich Jutta ins Gras. Obwohl sie nicht verletzt war, tat ihr jeder Muskel weh. Jede Faser in ihrem Körper war müde. Jutta wollte allein sein. Sie brauchte Zeit, um nachzudenken. Sie brauchte Zeit, um wieder zu sich zu kommen.

Ob ihr Mann das verstehen konnte?

Die Grenzsteinversetzer

Sepp schlug das Blech in die Erde. Das Wasser staute sich im Waal, mit leisem Gluckern floss es in die Wiese. Da, ein paar Mäuse liefen durch das Gras! Das Wasser hatte sie aus ihren Gängen vertrieben. Im Mondlicht sahen sie aus wie graue Wollknäuel.

Sepp ging an das untere Ende der Wiese. Er tappte mit den Füßen im Gras herum, bis er das Wasser ertasten konnte. Damit die ganze Wiese überschwemmt wurde, musste er das Blech noch ein paar Mal weiterstellen. Über Nacht hatte die Erde Zeit, das Nass anzusaugen. Bewässert wurde erst in vierzehn Tagen wieder.

»Lange genug, bei dieser Trockenheit«, sagte Sepp zu sich selbst, als er mit der Arbeit fertig war. Bevor er nach Hause ging, leitete er das Wasser in den Dorfwaal zurück. Auch die anderen Bauern brauchten es für ihre Äcker und Felder.

Plötzlich blieb Sepp stehen. Was war das für eine Gestalt am Grenzstein? Wieso schimmerte sie so weiß?

»Wer ist denn da?«, fragte Sepp.

Die Gestalt gab keine Antwort, mit einem Mal aber stand eine zweite daneben. Vom Wald herüber schrie ein Käuzchen.

Sepp versuchte es mit Schimpfen: »Verschwindet, ihr habt da nichts zu suchen!«

In diesem Moment wuchs eine dritte Gestalt aus dem Boden. Im Unterschied zu den anderen war sie pechschwarz. Sie hatte Augen wie Feuerräder und trug den Kopf unter dem Arm. Sie begann mit den anderen um den Grenzstein herumzugehen.

Sepp fand das gar nicht lustig. »Na wartet, ihr Saubande! Mich so zu erschrecken!« Er marschierte auf die Gestalten zu. Das waren bestimmt die Nachbarsbuben, diese Flegel.

»Jesus Maria!«, stammelte Sepp auf einmal. Das waren gar nicht die Nachbarsbuben. Die zwei weißen Gestalten waren niemand anders als seine verstorbenen Vettern!

Die schwarze Gestalt hingegen kannte er nicht. Zu seinem Entsetzen fing sie jetzt auch noch an zu reden: »Komm nur und schau uns ein bisschen genauer an!« Die Stimme klang hohl wie aus einer Totengruft. Sie ließ das Blut in Sepps Adern stocken.

Hals über Kopf flüchtete er über die Wiese. Nur mit Mühe erreichte er seinen Hof. Ihm war sterbensübel, ein Fieberanfall zwang ihn für Tage ins Bett.

Als die Wiese nach zwei Wochen wieder bewässert werden musste, übernahm Lois, der Knecht, diese Arbeit. Ihm erging es nicht anders als dem Sepp. Die Gespenster erschreckten ihn fast zu Tode. Auch er wurde krank.

Sepp begriff sofort, was geschehen war und erzählte Lois von den verstorbenen Vettern. Sie hatten zu Lebzeiten den Nachbarn betrogen und den Grenzstein in seine Wiese hineinversetzt. Zur Strafe mussten sie nun in der Nacht geistern.

Sepp und Lois gingen ins Dorf und baten den Pfarrer um Hilfe. Der riet ihnen eindringlich, die verstorbenen Vettern zu erlösen. Sepp und Lois sollten um Mitternacht zur Wiese gehen, die Gespenster beim Namen rufen und sie nach ihren Wünschen fragen. »Aber nehmt euch in Acht vor der schwarzen Gestalt«, warnte der Pfarrer. »Das ist der Teufel höchstpersönlich. Den kann keiner erlösen!«

Sepp schluckte ein paar Mal, und Lois gab auf dem Heimweg keinen Ton mehr von sich. Bei der Arbeit im Feld schaute er drein, als hätte ihn ein Pferd in den Bauch getreten.

Erst am Abend machte er den Mund wieder auf. »Mit Gespenstern will ich nichts zu tun haben!«, entschied er. »Und überhaupt – das sind deine Vettern!«

»Mensch, Lois, du kannst mich doch nicht im Stich lassen!«, bettelte Sepp. »Wenn du mir nicht hilfst, geistern sie noch in hundert Jahren um den Grenzstein herum. Und wie soll das werden, wenn die Wiese wieder zu bewässern ist? Kannst du mir das vielleicht sagen, ha?«

Sepp mochte auf den Knecht einreden, wie er wollte; es hatte keinen Zweck. Lois drehte ihm ganz einfach den Rücken zu.

Damit stand Sepp mit seinen verstorbenen Vettern alleine da. Die nächsten vierzehn Tage vergingen im Flug. Sepp überlegte und überlegte, aber um das Bewässern kam er trotzdem nicht herum.

Mit schlotternden Knien schlug er das Blech in die Erde. Es war geschlagene Nacht, der Mond war nur eine schmale Sichel.

Punkt zwölf Uhr fing es am Grenzstein zu spuken an. – Die Gespenster gingen wieder um.

Dem Sepp lief eine Gänsehaut über den Rücken, aber es half alles nichts. Wenn er vor seinen Vettern endlich Ruhe haben wollte, musste er tun, was der Pfarrer gesagt hatte.

Er räusperte sich, dann rief er: »Kasimir!«

Der kleinere der beiden Vettern fing an, Grimassen zu schneiden, die schwarze Gestalt hingegen lachte.

Nach einer Weile räusperte sich Sepp wieder und rief: »Quirin!«

Der größere der beiden Vettern bekam ein Maul wie ein Wolf und fletschte die Zähne. Aus den Augen der schwarzen Gestalt aber sprühten auf einmal Funken, Hörner wuchsen aus seinem Kopf. Am Grenzstein stand der leibhaftige Teufel. Er war groß wie ein Baum, und er kam näher; immer näher.

Sepps Herz klopfte wie ein Hammer. Er rief: »Alle Heiligen, steht mir bei!« Schon rannte er durch Wasserpfützen, stolperte über Wurzeln und Steine, einmal fiel er sogar in den Waal. Hinter ihm war ein Keuchen und Schnaufen.

Irgendwie gelang es Sepp doch, dem Teufel zu entkommen. Wie das zugegangen war, wusste er später selbst nicht mehr. Ein paar Tage lang redete er nur noch wirres Zeug.

Nach diesem Vorfall traute sich niemand mehr bei Nacht auf die Wiese. In Zukunft musste sie bei Tag bewässert werden. Aber auch da machten Lois und Sepp einen großen Bogen um den Grenzstein. Sie hatten die Nase voll von verstorbenen Vettern und Gespenstern. Sollte doch ein anderer sie erlösen!

Die Haselhexe

Das Lamm hüpfte im Stall auf und ab, Mart sprang hinter ihm her und schimpfte: »Wirst du wohl endlich stehen bleiben, du freches Ding!« Schon wieder griff Mart daneben.

Er hatte das Lamm gerade erwischt, da flog die Stalltür auf. »Rotzbub, du denkst wohl, ich habe den ganzen Tag Zeit, um am Zaun auf dich zu warten!«, schrie Lena, die Magd. Das Lamm bekam von ihr einen Fußtritt, Mart hingegen eine Ohrfeige. Seine Wange brannte noch, als er die Schafherde längst auf die Weide getrieben hatte.

»Blödes Weib!«, ärgerte sich Mart. Keine drei Tage arbeitete er nun auf diesem Hof, aber das war schon die vierte Ohrfeige. Er kraulte Wastl mit den Fingern das Fell, dafür leckte ihm der Hirtenhund über Mund und Nase. Naja, wenigstens der war nett.

Am Abend erzählte Mart der Bäuerin von den Ohrfeigen, aber sie wollte davon nichts wissen. »Du darfst die Lena halt nicht zornig machen«, ermahnte sie ihn. »Sie ist die fleißigste Magd, die ich je hatte.«

Mart hörte ihr gar nicht zu. Er dachte mit Schrecken an den nächsten Tag. Der Bauer hatte ihm aufgetragen, Laub aus dem Kastanienwald zu holen. Mit Lena! Schöne Aussichten waren das! Wäre die Bäuerin nicht Marts Tante gewesen, dann wäre er auf der Stelle heimgerannt.

Am nächsten Morgen schulterten Mart und Lena gleich nach dem Frühstück die Körbe. Wastl lief so lange neben ihnen her, bis Mart ihn zurückschickte. Der Hund durfte nicht mit, er musste bei den Schafen bleiben.

Im Kastanienwald drückte Lena Mart einen Rechen in die Hand. Den ihren aber lehnte sie an einen Baum. Sie befahl dem Buben, das Laub zu Haufen zusammenzurechen und die Körbe voll zu machen. Sie selbst wollte noch Haselnüsse suchen. Bevor sie davonging, drohte sie Mart mit erhobener Hand: »Lass dir nicht einfallen, mir nachzugehen! Du weißt, was dir sonst blüht!«

Mart hatte keine Lust auf eine weitere Ohrfeige und fing sofort mit der Arbeit an. Als er das meiste Laub zusammengerecht hatte, machte er eine Pause. Die Arme taten ihm weh, und an seinen Fingern steckten viele kleine Stacheln. Mart zupfte sie aus, so gut es ging. Wo Lena nur so lange blieb? Und warum hatte sie ihm verboten, ihr nachzugehen? Ob das mit den Haselnüssen nur eine Ausrede gewesen war? Die Bäuerin hatte neulich doch gesagt, dass dieses Jahr kaum welche zu finden wären.

Nun stellte auch Mart den Rechen an den Baum. Er schlich den Weg entlang, den Lena eingeschlagen hatte. Dabei lauschte er nach allen Seiten. Unvermittelt blieb er stehen. Was war das auf einmal für ein Geschrei? Woher kam das?

Mart drückte die Zweige eines Fichtenbäumchens zur Seite. Was er dann sah, verschlug ihm fast den Atem. Auf einer Lichtung tanzten Frauen im Kreis. Mindestens zwanzig. Sie schleuderten die Haare nach hinten, sie kreischten und lachten.

»Hexen!«, schoss es Mart durch den Kopf, sein Puls fing an zu jagen. Die mit den langen Zöpfen war Lena, da gab es keinen Zweifel. Sie stritt sich gerade mit einer Hexe. »Dreckstück, elendes!«, fauchte sie und riss sie am Ohr.

Die andere Hexe spuckte Lena ins Gesicht. »Du meinst wohl, du hast hier das Sagen?« Sie hatte Lena an den Zöpfen erwischt und zerrte sie zu Boden. Ein paar weitere Hexen stürzten sich auf sie. Es machte »ritsch« und »ratsch«, Fleischstücke und Knochen flogen nach allen Seiten.

Mart machte sich so klein wie möglich. Er biss sich auf die Lippen, um nicht losschreien zu müssen. Die Hexen hatten Lena in Stücke gerissen. Nicht auszudenken, was sie mit ihm machten, wenn sie ihn erwischten!

Mittlerweile war auf der Lichtung eine alte Hexe in die Mitte getreten. Sie schlug mit einem langen Stock auf die Erde. »Schluss jetzt!«, entschied sie. »Los, setzt Lena wieder zusammen!«

Die Hexen gehorchten. Sie sammelten die Fleischstücke und Knochen wieder ein und reihten sie säuberlich aneinander: den Schädel, die Arme, die Wirbel, die Oberschenkel, die Zehen.

Die Alte sah ihnen dabei zu. Sie bemerkte als Erste, dass das linke Schlüsselbein fehlte. Die Hexen suchten noch einmal die Büsche ab, fanden es aber nicht.

»Pech für Lena«, meinte schließlich die Alte. Sie brach einen Zweig von einem Haselnussstrauch und legte ihn an die Stelle, wo das Schlüsselbein fehlte. Dabei malte sie mit dem Stock Kreise auf die Erde.

Zu Marts Verwunderung erhob sich Lena, schüttelte sich ein paar Mal und war lebendig wie eh und je.

Die Alte war mit ihrer Arbeit offensichtlich zufrieden. Sie tätschelte Lenas Wange und sagte: »Nun bist du wieder ganz. Du musst aber aufpassen, dass dich niemand Haselhexe nennt.«

Aha, dachte Mart, Haselhexe. So hieß Lena jetzt also. So schnell er konnte, eilte er zurück in den Kastanienwald. Er fegte das restliche Laub zusammen, dass die Blätter nur so raschelten. Das Wort ›Haselhexe‹ sagte er leise vor sich her.

Als Lena wiederkam, war Mart dabei, einen Korb mit Laub aufzufüllen. Der andere Korb aber war noch leer. Das Donnerwetter ließ nicht lange auf sich warten, aus Lenas Augen wurden schmale Schlitze: »Ich sehe, du hast gefaulenzt, mein Lieber! Hast du vergessen, was ich dir aufgetragen habe?«

Mart fand zu keiner Antwort, in seinem Kopf waren nur noch Fragen. Konnten Hexenaugen Gedanken lesen? Wusste Lena, dass er ihr nachgeschlichen war? Und wozu griff sie jetzt nach einer Rute? Um ihn zu verhexen? Um ihn zu schlagen?

Mart blieb nichts anderes mehr übrig. Er rief: »Haselhexe! Du bist die Haselhexe!« Im selben Augenblick fiel Lena die Rute aus der Hand, ihre Füße knickten ein, mit einem dumpfen Geräusch fiel sie in kleine Stücke.

Von diesem Tag an gefiel es Mart auf dem Hof wieder besser. Er bekam keine Ohrfeigen mehr, er wurde nicht mehr angeschrien und die Bäuerin sagte nie mehr, dass Lena die fleißigste Magd war, die sie je gehabt hatte.

Der Schlossgeist von Wangen

Die Augusthitze brütete in den Nadelbäumen, die Luft stand still, kein Vogel zwitscherte. Ein Bettler stapfte den Waldweg entlang. Er hatte die Ärmel aufgekrempelt, ab und zu fächerte er sich mit dem Hut Luft ins Gesicht.

Auf einer Anhöhe musste der Bettler verschnaufen. In seinem Magen knurrte es, seit Stunden hatte er nichts gegessen. Aber der Hunger machte dem Bettler weniger Sorgen als die Wolkentürme am Himmel. »Hoffentlich finde ich eine Bleibe, bevor es zu wettern anfängt«, dachte er laut. Auf seinen Wanderungen redete er oft mit sich selbst. Es war doch sonst keiner da, mit dem er sich hätte unterhalten können.

Die Dämmerung senkte sich bereits ins Tal, als der Bettler endlich einen Bauernhof erreichte. Am Horizont leuchteten die ersten Blitze, Wind zerwühlte die Baumkronen.

»Hättet Ihr für mich ein Nachtlager?«, fragte der Bettler freundlich.

Der Bauer schüttelte den Kopf: »Tut mir Leid. Im Haus ist kein Platz, und im Heu schlafen die Kornschneiderinnen. Aber wenn du dich nicht fürchtest, kannst du da drüben unterkommen.« Er wies mit dem Kinn auf Schloss Wangen. Es war unbewohnt und stand nicht weit vom Hof entfernt.

Damit war der Bettler zufrieden. Die Bäuerin hatte ihm einen Topf mit Suppe und Knödeln in die Hand gedrückt, und ein Dach über dem Kopf hatte er nun auch. Etwas Besseres hätte ihm gar nicht passieren können. Und außerdem, wovor hätte er sich fürchten sollen? Er hatte auf seinen Wanderungen schon so viel erlebt. Was sollte ihn schon noch erschrecken?

Das Tageslicht reichte gerade noch aus, um im Wald Feuerholz zu sammeln. Als der Bettler den Schlosshof betrat, zerplatzten die ersten Regentropfen auf der Erde. Die Blitze schleuderten ein gespenstisches Licht auf das Mauerwerk.

Es dauerte nicht lange, bis der Bettler die Küche gefunden hatte. Er machte Feuer an und stellte das Essen auf, da rasselte etwas durch den Kamin, dass der Ruß nur so aufwirbelte.

»Na, wo gibt's denn so was?«, staunte der Bettler. »Ist das nicht ein Menschenfuß? Wie gut, dass er nicht in meine Suppe gefallen ist.« Ohne das kleinste Zeichen von Furcht legte er den Fuß auf den Steinboden.

Die Suppe war noch nicht richtig warm, da rumpelte es wieder im Kamin. Ein weiterer Fuß plumpste ins Feuer. Als der Bettler nach ihm langte, polterten der Rumpf und die Arme von oben herunter. Ein Donnerschlag ließ die Wände zittern.

»Sachte, sachte!«, sagte der Bettler und brachte zuerst einmal den Suppentopf in Sicherheit. Danach zerrte er die herabgefallenen Leichenteile aus der Glut. Auf dem Fußboden fügte er sie sorgfältig aneinander. Das Menschenfleisch roch schon angebrannt.

Der Bettler zählte zusammen: »Zwei Beine, zwei Arme, der Rumpf. Wenn ich mich nicht täusche, dann ist jetzt der Kopf an der Reihe.«

Der ließ nicht lange auf sich warten. Als der Bettler ihn auf die Schultern des Toten setzte, zischten am Fenster Blitze vorbei, dass es in der Küche taghell wurde. Mit dem nächsten Donnerschlag riss der Tote die Augen auf. Er schnarrte: »Gib mir zu essen! Ich habe einen Bärenhunger!«

Die Stirn des Bettlers legte sich in Falten. Die besten Manieren hat der Kerl ja nicht, dachte er bei sich. Aber das war inzwischen auch nicht mehr wichtig. Der Bettler hatte den Toten zum Leben erweckt, dann war es auch nur richtig, dass er das Essen mit ihm teilte.

Als der Bettler dem Geist einen Knödel hinhielt, biss der gierig hinein. Gleich darauf spuckte er das abgebissene Stück wieder aus, den restlichen Knödel schleuderte er an die Wand. »Wäh! Pfui, Teufel! Was ist das für ein Fraß? Der Knödel ist nicht durchgekocht!«

Das war dem Bettler nun aber doch zu viel. »Den guten Knödel schmeißt du mir nicht einfach weg, du eingebildeter Lümmel!« Seine Ohrfeige ließ den Geist schwanken. Im selben Augenblick zischte es, Rauch stieg auf, ein Edelmann stand in der Küche. An seinen Fingern steckten goldene Ringe. Er fiel vor dem Bettler auf die Knie. »Für diese Ohrfeige will ich Euch reich belohnen«, versprach er. »Aber wir müssen uns beeilen, die Geisterstunde ist bald um.« Er führte den Bettler in den Keller. Dort übergab er ihm die Schlüssel für zwei Truhen. Sie waren bis an den Rand mit Gold gefüllt.

Der Bettler kam aus dem Staunen nicht mehr heraus. »Das alles soll mir gehören? Für eine einzige Ohrfeige?«

»So ist es«, meinte der Edelmann und lächelte bescheiden. »Damit habt Ihr den Fluch von mir genommen. Zu meinen Lebzeiten hatte ich nichts Besseres zu tun, als mit dem Steuergeld meiner Untertanen zu prassen. Die Armen aber habe ich verspottet und der Reihe nach vom Schloss gewiesen. Dafür musste ich nach meinem Tod jahrelang durch den Kamin fallen. Nacht für Nacht dieselbe Qual.«

Während der Edelmann sprach, wurde seine Stimme immer schwächer, seine Gestalt fing an im Halbdunkel zu verschwimmen. Die Geisterstunde ging dem Ende zu.

»Habt Dank für den Schatz!«, rief der Bettler ihm nach.

Bevor der Edelmann sich ganz in Luft auflöste, verneigte er sich tief. »Viel Glück damit. Und macht's besser als ich!«

Danach stand der Bettler noch eine Weile da und blickte nachdenklich auf das Gold. Dafür hätte er beim Bauern drüben Schinken, Brot und Wein haben können, wie viel er nur wollte. Dafür hätte er im Handumdrehen den ganzen Hof kaufen können und noch viel mehr dazu.

Aber der Bettler tat nichts von alledem. Er ging zurück in die Küche, blies in die Glut und stellte den Suppentopf noch einmal auf das Feuer. Die Knödel waren inzwischen kalt geworden.

Das beschenkte Nörggele

In Afing lebte vor vielen Jahren eine Bauernfamilie. Der Mann und die Frau arbeiteten tagein, tagaus; auch die Kinder halfen mit, wo es nur ging. Aber sosehr sich die Bauersleute auch anstrengten, auf dem Hof ging immer wieder etwas schief. Einmal verdorrte die Ernte auf dem Feld, ein anderes Mal erkrankte das Vieh im Stall. Im Frühjahr brach sich der Bauer auch noch das linke Bein. Er lag wochenlang im Bett, aber das Bein wurde immer schlimmer.

Beim Abendessen saß die Bäuerin mit ihren Kindern stumm am Tisch. Mehr als trockenes Brot und ein Schälchen Milch für jeden gab es nicht mehr. Während die Bäuerin dem Jüngsten über das Haar strich, ging ihr Blick zum Herrgottswinkel. Hatte der da oben sie vergessen?

Kurze Zeit später klopfte jemand an die Haustür, ein Nörggele bat um Einlass. Es hatte weiße Haare und einen langen Bart, außerdem lispelte es beim Sprechen: »Ich bin wegen dem kranken Bauern gekommen. Ich möchte ihm gerne helfen.«

Die Bäuerin ließ das Männlein in die Stube treten. Im Nu war es von den Kindern umringt.

»Kannst du unseren Vater wirklich gesund machen?«, fragte Mina, die Älteste. Und Hiasl, der Jüngste, bettelte: »Dann mach bitte ganz schnell!«

Das Nörggele musste sich die Ohren zuhalten, weil alle Kinder gleichzeitig redeten. »Jetzt ist aber Ruhe!«, befahl es mit seiner Lispelstimme, dann schmunzelte es gleich wieder. »Ab mit euch in die Betten! Morgen werdet ihr schon sehen.«

Die Kinder gehorchten, und das Nörggele ging zu dem Kranken. Es holte allerlei Kräuter aus seinem Rucksack und legte sie auf den gebrochenen Fuß. Dabei flüsterte es seltsame Sprüche.

Der Bauer schüttelte heimlich den Kopf darüber, sagte aber nichts. Er wollte nicht undankbar sein und bot dem Nörggele ein Nachtlager an.

Als die Bäuerin am nächsten Morgen in die Küche trat, fielen ihr fast die Augen aus dem Kopf. Ihr Mann war schon aufgestanden und schüttete gerade einen Arm voll Holzscheite in die Kiste. Das Nörggele hatte ihn über Nacht gesund gemacht.

Gleich darauf kamen die Kinder angestürmt. Sie schoben den Vater und die Mutter in den Hof hinaus.

»Schaut doch, der Weg ist sauber gekehrt!«

»Seht, die Frühbirnen sind aufgelesen, und das Holz ist gehackt!«

Auch das hatten die Bauersleute dem Nörggele zu verdanken.

Deshalb baten sie es, auf dem Hof zu bleiben. Der kleine Mann sagte sofort zu, wollte aber für seine Arbeit keinen Lohn annehmen. Er trug den Bauersleuten sogar auf, ihm nie etwas anderes zu geben als das Essen und ein Nachtlager.

Die Bauersleute versprachen es, und das Nörggele packte überall mit an: Über Nacht putzte es das Werkzeug blank, vor der Heumahd dengelte es die Sensen, beim Aussähen und Setzen stand es mit Rat und Tat zur Seite, den Kindern erzählte es lustige Geschichten.

So hatte die Not auf dem Hof bald ein Ende. Die Kartoffeln und das Korn wuchsen kräftig, und selbst die Kühe blieben gesund.

Eines Morgens zog der Bauer seine Frau zur Seite. »Das Nörggele ist so gut zu uns«, sagte er, »wenn der Schneider ins Haus kommt, soll er ihm ein neues Gewand machen. Das alte ist schon ganz abgewetzt und voller Risse.«

Die Bäuerin stimmte ihrem Mann zu: »Hast Recht. Unser Nörggele soll doch nicht frieren, wenn der Winter kommt.«

Die Bauersleute wollten den kleinen Mann mit dem neuen Gewand überraschen. Das Maß dafür nahm der Schneider an einem der Kinder ab. Das Zuschneiden und Nähen der Kleider dauerte über eine Woche lang.

Der Bauer benötigte eine Lodenjacke, die Bäuerin wünschte sich einen Trachtenrock und die Kinder freuten sich auf ein Sonntagsgewand. Sie hatten bisher noch keines.

Endlich war es soweit. Nach dem Mittagessen teilte die Bäuerin die Kleidungsstücke aus. Zuerst kamen die Kinder an die Reihe. Hiasl probierte die Sachen gleich an. Das Nörggele pfiff durch die Zähne: »Damit kannst du dich am Sonntag schon sehen lassen.« Und Mina zwinkerte es zu: »Wenn du mit dem Dirndlkleid auf den Kirchtag gehst, werden alle Buben nur mit dir tanzen wollen.«

Als die Bäuerin das nächste Gewand über den Tisch schob, wurde das Nörggele ernst: »O weh, o weh! Das ist doch nicht etwa für mich?«

Die Bäuerin nickte freundlich, und der Bauer legte ihm die Hand auf die Schulter: »Schau, wir wissen, dass du uns nicht zur Last fallen willst, aber es ist doch nur ein Gewand für den Winter. Nimm es doch, wir möchten es dir von Herzen gern schenken.«

Das Nörggele senkte den Kopf. Es zögerte eine Weile, schließlich nahm es das Gewand doch an sich. »Ich sehe wohl, dass ihr es gut mit mir meint«, lispelte es. »Aber gut ist eben nicht immer gut.«

Ehe die Bauersleute begriffen, was geschah, war das Nörggele in seine Kammer gelaufen. Mit dem Rucksack auf dem Rücken sauste es in den Hof hinaus, und von dort aus rannte es über den Acker. Am Holzzaun blieb es noch einmal stehen, wischte sich über die nassen Augen und rief:

»Jetzt muss ich fort von diesem Ort.
Lebt wohl für immer! Ich komme nimmer.«

Die Bäuerin und der Bauer riefen dem Nörggele hinterher. Die Kinder liefen ihm ein Stück nach, aber das Nörggele war schon im Wald verschwunden.

Mina und Hiasl suchten in den nächsten Tagen die ganze Gegend nach ihm ab. Aber umsonst; das Nörggele war weg und kam auch nie mehr wieder.

Das Glück aber, das es auf den Hof gebracht hatte, blieb den Bauersleuten treu. Ganz besonders den Kindern.

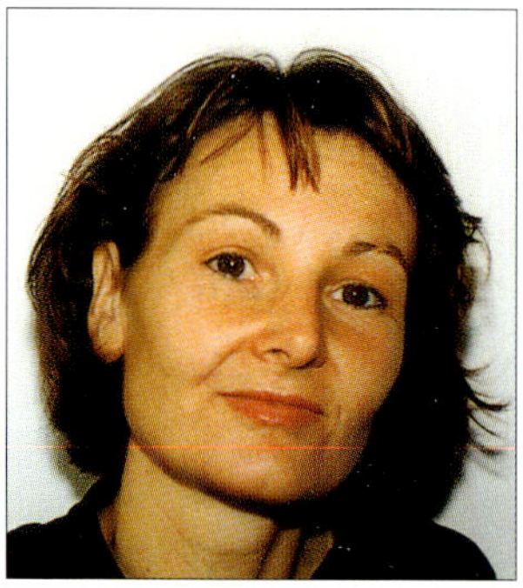

Marianne Ilmer Ebnicher

wurde in Goldrain im Südtiroler Vinschgau geboren, lebt und arbeitet als freie Autorin, schreibt Texte für Kinder und Jugendliche, hält Lesungen, setzt sich für Lese-Erziehung ein.

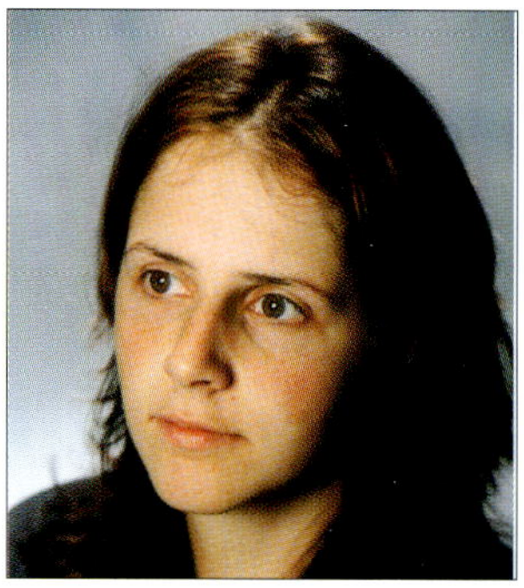

Brigitte Seiwald

wurde in Innichen geboren und ist in Pichl/Gsies aufgewachsen. Nach dem Abschluss der Pflichtschulen maturierte sie als Kindergruppenleiterin und absolvierte von 1996 bis 1997 ein kunstgeschichtliches Schnupperstudium an der Uni Wien. Seither arbeitet Brigitte Seiwald als Schauwerbegestalterin.